PLÉBÉIENNES.

Paris. — Imprimerie Gerdès, rue St-Germain-des-Prés, 14.

PLÉBÉIENNES

ÉPITRES ET SATIRES

PAR

AMÉDÉE MARTEAU

PARIS

MASGANA, LIBRAIRE
Galerie de l'Odéon.

GARNIER FRÈRES
Palais-National, 215 *bis*

1851

PROLOGUE.

Loin du fracas du monde et du bruit de la terre,
Au fond de ma retraite, ignoré, solitaire,
Sans souci je vivais;
Et comme un passereau perdu dans le feuillage
D'un hêtre qui le met à l'abri de l'orage,
Tranquille je rêvais.

Vrai disciple d'un siècle où règne l'égoïsme,
Je suivais le torrent creusé par l'éclectisme,
Et je laissais couler
Mes jours à l'aventure, au vent qui les entraîne,
Comme un ruisseau des vents, à l'inconstante haleine,
Laisse ses flots rouler.

Insoucieux de tout, bizarre créature,
Poëte vagabond, enfant de la nature,
D'un regard dédaigneux
J'aimais à contempler du haut de ma misère
Se dévorant entre eux, pour un grain de poussière,
Ces mille nains hargneux.

Philosophe, après tout, comme on l'est au jeune âge,
Je laissais le champ libre à mon âme volage,
Et quand je rencontrais
Abeille ou papillon, au gré de mon caprice,
Une fleur sur ma route, au fond de son calice
Je puisais à longs traits.

Et quand venait le soir, retiré dans mon gîte,
Je riais en voyant ce troupeau qui s'agite
Autour d'un trône d'or,
Et cette ambition, véritable sangsue,
Que trois rois en trente ans n'ont point encor repue,
Et qui demande encor.

Si parfois au travers des trous de mes chaussures
S'infiltraient doucement quelques éclaboussures
De folle vanité,
Vite je me sauvais, la crainte au fond de l'âme,
Chez quelque ami plus sage où vive et chaude flamme
Séchait mon pied crotté.

Et mon cœur méprisait ces luttes vaines, nulles,
Combats d'ambition, tempêtes ridicules,
Ces héros pleins d'ardeur,
Se mordant jusqu'au sang sur les marches du trône,
Grapillant les faveurs tombant de la couronne
Sur leurs fronts sans pudeur.

Or, voici que, pendant une nuit froide, obscure,
A l'heure où le sommeil à toute la nature
Prodigue ses douceurs,
J'entendis tout à coup au-dessus de ma tête
Gronder un bruit pareil au bruit de la tempête
En ses jours de fureurs.

Au milieu de ce bruit épouvantable et sombre,
A travers mille éclairs qui rayonnent dans l'ombre
Leurs sinistres lueurs,
J'entendis une voix, une voix lente et grave,
Qui tombait sur mon cœur comme tombe la lave
Sur des vallons en fleurs.

« Eh quoi ! quand ta patrie, en proie à la détresse,
« En vain, en gémissant, sous la main qui l'oppresse
« Se roidit et se tord ;
« Quoi ! ton âme à ses maux pleine d'indifférence,
« Ton âme en une lâche et coupable indolence
« Se repose et s'endort?

« Lève-toi, lève-toi ! va, rechauffe la glace
« De ton cœur engourdi ! Va, soldat, prends ta place;
« Va, j'ai marqué ton rang ! »
Je tressaille et m'éveille, et je vois, j'en frissonne,
Que, tandis qu'au plaisir mon âme s'abandonne,
Mes pieds sont dans le sang !

Alors, portant les yeux tout autour de moi-même,
J'ai vu partout, hélas! corruption extrême;
J'ai vu de toutes parts,
Dans ce triste chaos, la charité bannie,
Mérites et vertus couverts d'ignominie,
Évitant les regards.

J'ai vu partout l'orgueil et sa triste cohorte
Au mérite modeste oser fermer la porte;
La médiocrité,
Insolente et bavarde, éblouir l'ignorance,
Et piller les emplois que ferme l'arrogance
A la capacité.

J'ai vu de toutes parts la plus pure sagesse
Contrainte de ramper aux pieds de la richesse,
Et le talent vendu
S'avilir à flatter la main qui lui prodigue
De l'or ou des faveurs; j'ai vu partout l'intrigue
Érigée en vertu.

Enfin, j'ai vu partout la paresse opulente
Régner et commander d'une voix insolente
Au travail abaissé,
Et punir sans pitié tous ceux que la misère
Contraint à se lever, dans leur juste colère,
Contre un joug méprisé.

A l'aspect de ces maux, de cette plaie immense,
Mon âme s'est émue et ma lâche indolence
Enfin m'a fait horreur;
Et je me suis levé comme un soldat fidèle
Qui se lève à la voix du pays qui l'appelle,
Armé d'un trait vengeur.

O France! noble France! ô terre que j'adore,
Toi qu'un vil despotisme abaisse et déshonore,
Par ton amour porté,
Je viens, soldat obscur, te consacrer mon glaive,
Et combattre pour toi, sans repos et sans trêve,
Au nom de Liberté!

Docile à ton appel, à toi mon sang, ma vie,
A toi mon dévouement, ô ma noble patrie,
A toi seule et toujours!
Mais, afin que jamais faiblisse mon courage,
Oh! fais que ton génie, ange au mâle visage,
Me prête son secours!

L'AVENIR.

A LA JEUNESSE FRANÇAISE.

Ce n'est point un vieillard mûri par les années,
Dont le cœur a fourni toutes ses destinées,
Qui vient, nobles enfants,
Au nom de la raison et de l'expérience,
Vous parler de repos, de calme et de prudence
Sur des charbons brûlants!

C'est du progrès humain l'un des fervents apôtres,
A l'âme jeune encor, jeune comme les vôtres,
Mais que vingt-quatre hivers
En luttes écoulés ont rendu calme et sage,
Dont la jeunesse enfin s'est fanée avant l'âge
Au souffle des revers!

Pourtant, ne croyez pas que, tombant de ma plume,
Va glisser dans ces vers un seul mot d'amertume;
Non, la paix soit à tous,
Même à ces ennemis dont l'implacable haine
Avec tant de fureur poursuit la race humaine;
Que le ciel leur soit doux!...

Amis, lorsque vers vous s'élève toute émue,
Mais forte et courageuse, une voix inconnue,
Ce n'est point pour chercher
A raviver encor ces éternelles flammes
Qui depuis trop longtemps, hélas! tiennent nos âmes
Sur un fatal bûcher!

Le seul nom dont ma voix va frapper votre oreille,
La seule passion que je veux qu'elle éveille,
C'est la Fraternité,
C'est cette passion noble, douce et chérie
Qui fait naître en nos cœurs l'amour de la patrie
Et de l'humanité.

La France est, nous dit-on, perdue, et sans ressource!
Mensonge!... L'on verra remonter vers sa source
Le Rhône impétueux
Avant que ce pays de qui la gloire élève
Le nom jusques au ciel, sente tarir la sève
En son sein généreux!...

Perdue!... Et vous souffrez qu'on parle un tel langage!
Mais c'est jeter, amis, et l'insulte et l'outrage,
La honte à votre front!
Qu'aucun de vous ne croie à cette calomnie,
Qu'une crainte si lâche à jamais soit bannie
Comme un sanglant affront.

Pour ne point redouter cette menace sombre,
Voyez, comptez-vous tous et calculez le nombre,
La force de vos bras;
Sondez pour le pays votre amour, votre zèle,
Et dites avec moi : La France est immortelle
Et ne périra pas!

Oui, la France vivra!... Dans sa mâle poitrine
Brûle encor vive et chaude une flamme divine!
Si sa prospérité
Fut menacée un jour par un funeste orage,
Brillante on la verra sortir de ce nuage
Avec la liberté!

Oui, la France vivra, car si ses destinées
Doivent être en vos mains bientôt abandonnées,
Vous saurez maintenir
Son nom avec éclat et sa gloire sans tache;
Vous ne faillirez point à votre noble tâche,
Enfants de l'avenir!

Le monde marche vite; aujourd'hui si nous sommes
De faibles jeunes gens, demain nous serons hommes.
Songeons-y bien surtout!
Chaque jour voit-il pas un vieillard qui succombe?
Nos pères seront morts demain, et sur leur tombe
Nous resterons debout!...

Si l'empire de Rome, au comble de la gloire,
Grandi par les vertus, grandi par la victoire,
S'écroula tristement,
Ah! c'est que de son sein bannissant la justice
Et bannissant l'honneur, l'orgueil avec le vice
L'ont miné sourdement!

Instruits par cet exemple, amis, oh! prenons garde;
Que la vertu toujours soit notre sauvegarde
Contre de tels malheurs.
Quel est celui de nous dont l'âme corrompue
Voudrait, sur les débris de sa grandeur perdue,
Voir la patrie en pleurs?

Que nos cœurs animés d'un pur patriotisme
Éteignent à jamais ce funeste égoïsme
Et ce fatal orgueil
Si féconds en grands maux, si féconds en souffrance,
Dont les tristes effets couvrent encor la France
D'un long voile de deuil!

Avant de nous lancer follement dans l'espace,
Consultons notre force, et jamais notre audace;
La sotte vanité
D'où naît l'ambition, perfide conseillère,
Est souvent, qui l'ignore? aveugle avant-courrière
De la calamité!

Puisqu'il faudra demain, dans la publique arène,
Descendre à notre tour, entrons-y purs de haine,
De passion, de fiel;
Sur le bien du pays disputons sans colère :
Ne sommes-nous pas tous fils d'une même mère,
Nés sous le même ciel?

La victoire autrefois seule donnait la palme
Aux grandes nations; aujourd'hui c'est le calme,
Aujourd'hui c'est la paix;
C'est la paix dont le souffle éteint la barbarie,
Fait naître le commerce et vivre l'industrie
Si féconds en bienfaits!

Ah! fuyons les combats que d'une main sanglante
Avec un art cruel la discorde fomente
Entre les nations,
Qui traînent après eux le meurtre et la famine,
Et pillage et misère, incendie et ruine,
Et dévastations!

Oui, fuyons avec soin ces luttes meurtrières;
Mais si quelque ennemi menace nos frontières,
Alors, amis, marchons;
Marchons, et montrons-lui que, dans une bataille,
Le Français sait encore affronter la mitraille
Et rire des canons!

Montrons que si nos cœurs rêvent une autre gloire,
Des succès plus humains que ceux de la victoire,
Et veulent conquérir
Dans une douce paix le progrès pacifique,
Nous saurons, s'il le faut, pour notre République
Au champ d'honneur mourir!

Montrons-lui que nos cœurs, s'ils ne sont plus esclaves,
Ne sont pas aujourd'hui moins vaillants et moins braves
Qu'ils étaient autrefois,
Et qu'on ne verra plus, tant qu'un souffle de vie
Restera dans ces cœurs, notre France envahie
Une seconde fois!

De justice et d'honneur soyons toujours avides,
Ainsi nous assiérons sur des bases solides
Notre prospérité;
Car il ne se peut pas qu'un empire périsse
Lorsqu'il est fermement fondé sur la justice
Et sur la liberté!

Les destins de la France, ô brillante jeunesse,
Vont dépendre de vous et de votre sagesse;
Maîtres de l'avenir,
Bientôt à votre aspect va tomber la barrière
Qui vous sépare encor de l'immense carrière
Qu'il vous faudra fournir!

La terre sous nos pieds glisse, une ère nouvelle
S'élève à l'horizon; le pays nous appelle :
Amis, qu'un noble effort
Nous réunisse tous en ce moment suprême.
La France attend de nous une splendeur extrême
Ou son arrêt de mort!

LA SOCIÉTÉ.

A M. DE LAMARTINE.

— .. .. Je pense qu'en dernier résultat,
la vieille société finit..... —

(CHATEAUBRIAND, *Mémoires*, livre IX.)

Jusques à quand, hélas! la France languissante
Doit-elle entendre encor cette voix mugissante
Sur sa tête gronder? Orage impétueux,
Au souffle redoutable, ardent, tempétueux,
Qui, passant sur les cœurs, les révolutionne,
Au souffle qui soulève, irrite, passionne?

Jusques à quand, en proie à ces tristes complots,
Comme un vaisseau perdu, ballotté par les flots,
La verrons-nous courir de naufrage en naufrage,
Sans atteindre jamais à quelque heureux rivage?
Jusques à quand, en proie aux mille passions
D'où naissent la discorde et les divisions
Qui rendent tout travail impuissant et stérile,
Devons-nous voir, enfin, comme un roseau fragile,
Des révolutions plier au moindre effort
De l'univers entier le peuple le plus fort?

Ah! quand la passion se déchaîne et s'agite
Chez un peuple, soudain tout meurt, tout périclite!
Le commerce chancelle et tombe lentement,
L'industrie aux cent bras s'éteint en un moment;
Les sciences, les arts, vaincus dans la tempête,
Sous son souffle puissant courbent aussi leur tête!
Et ce peuple retourne à ces temps odieux
Que, barbares encore, ont franchi nos aïeux;
Temps à jamais maudits, siècles d'intolérance,
Siècles d'oppression, d'erreur et d'ignorance!

Tels on voit l'océan et ses flots agités
Obéir à la voix des autans irrités,
Se tordre en gémissant sous leur puissante haleine,
Comme un lion vaincu se roule dans l'arène,
S'élancer en fureur de leurs gouffres béants,
Venir, comme une armée immense de géants,
Se briser l'un sur l'autre, et, retombant en poudre,
Avec un bruit pareil au fracas de la foudre,
Se perdre en un abîme énorme en sa grandeur
Dont l'œil humain ne peut sonder la profondeur;
Telle on voit s'agiter la masse populaire,
Ardente à se soustraire à ce joug séculaire
Qu'on décore du nom d'empire ou royauté;
Ardente à conquérir enfin la liberté,
Et qui, trois fois vaincue et trois fois repoussée,
Se relève trois fois, lionne courroucée,
Dans un dernier combat, dans un suprême effort,
Pour chercher son triomphe ou recevoir la mort!

Quel terrible chaos! quel bruit épouvantable!
Quel désordre effrayant, profond, inexprimable!

Le vieux monde s'écroule, et la société,
Cet édifice sombre et sans solidité,
Vainement se roidit contre sa destinée,
Elle s'est elle-même à périr condamnée!
Son procès est tout fait : manquant à ses devoirs,
Tenant entre ses mains les plus larges pouvoirs,
Elle s'en est servi pour jeter dans les masses
De coupables instincts et des passions basses;
Elle a fait adorer ce qu'il faut rejeter,
Elle a fait mépriser ce qu'on doit respecter!
Érigeant en vertus l'orgueil et l'égoïsme,
Elle a bourré nos cœurs d'un honteux scepticisme
Qui vicie et corrompt toutes nos facultés,
Et fausse de l'esprit les nobles qualités!
Bâtarde de vingt rois, sans drapeau, sans idée,
Sur le seul privilége et la faveur fondée,
Du Dieu qui la forma méconnaissant la loi,
Sans principe arrêté, sans charité, sans foi,
Elle ose encore, hélas! appuyer sa doctrine
Sur la morale humaine et sur la loi divine,

Comme si Dieu pouvait se faire défenseur
D'une société qui se fait oppresseur!
Où cela conduit-il notre belle patrie?
Il faut bien l'avouer, droit à la barbarie,
En tuant dans nos cœurs, par la corruption,
Et du juste et du vrai la moindre notion!
Que devenir, que faire en cet état funeste?
De la société faut-il laisser le reste
S'abîmer sous le poids de ses iniquités,
Sans être de sa chute en rien inquiétés?
Faut-il laisser tomber en amas de poussière
Ce temple dont les murs s'écroulent pierre à pierre,
Ce temple dont les murs, crevassés et pourris,
Au vent, chaque matin, livrent quelques débris?
Ou faut-il essayer de replâtrer encore
Ce palais lézardé qu'un nom pompeux décore?
— Nos efforts seraient vains, ces fondements minés
Nous présagent sa fin, ses jours sont terminés! —
Mais faut-il assister à sa lente agonie,
Le dédain dans le cœur, sur le front l'ironie,

Comme au trépas vengeur d'un démon odieux
Qu'avec sévérité frappe la main des dieux?
— Non, non, point de dédain; non, point d'indifférence;
Ne s'agit-il donc pas de sauver notre France?
Ne s'agit-il donc pas, par un beau dévoûment,
De savoir prévenir un triste dénoûment?
Si la société décrépite s'embrase,
Empêchons qu'en tombant sa chute nous écrase!
S'il faut qu'elle périsse, eh bien! sur son tombeau
Soyons prêts à construire un monument plus beau.
Voilà notre œuvre à nous : elle est belle, elle est sainte!
Sachons nous dégager d'une étrange contrainte,
Reprendre notre rang parmi les nations,
Et nous mettre à l'abri des révolutions.
D'un état si fâcheux la réforme est pressante,
Il faut nous arrêter sur la pente glissante
Qui nous mène à l'abîme où doivent s'engloutir
Nos illustres destins pour n'en jamais sortir.
A l'œuvre dès longtemps la France nous appelle;
A son commandement rester sourd et rebelle,

Méconnaître sa voix, c'est être criminel;
Les jours nous sont comptés, l'instant est solennel.
Vous donc, vous envers qui, dans sa munificence,
Le Seigneur s'est montré prodigue d'éloquence,
Prodigue de génie et d'instincts généreux,
Au cœur duquel il mit ces trésors si nombreux
De savoir véritable et de bonté profonde
Qui rendent l'âme humaine et puissante et féconde;
Vous, aux lèvres duquel le peuple suspendu
Admire, même avant qu'il vous ait entendu;
Vous qui sentez si bien, et dont la voix exprime
Avec tant de grandeur ce sentiment sublime
Et d'amour et de paix dont la source est au ciel;
Vous qui n'avez au cœur ni colère ni fiel;
Vous qui vîntes enfin, dans ce jour mémorable,
Que l'histoire a marqué d'un trait ineffaçable,
Annoncer aux Français qu'un effort glorieux
Les avait pour jamais rendus victorieux
De tyrans insensés, d'un pouvoir despotique,
Acclamant le premier la sainte République!!!

Vous avez délié nos bras en nous plaçant
En face d'un travail gigantesque et pressant;
Puis vous nous avez dit : « Peuple, reprends courage,
« Il te reste à construire un difficile ouvrage;
« Mais la main du Seigneur viendra, dans sa bonté,
« En décuplant ta force, aider ta volonté.
« Fais d'un passé cruel oublier les injures,
« Car tu vas travailler pour les races futures,
« Juges impartiaux qui bientôt vont venir.
« A l'œuvre donc, à l'œuvre, ouvrier d'avenir ! »
  Le peuple a bien compris : déjà sa main commence
A tracer dans le sol un édifice immense;
Mais, contre les périls et les difficultés,
Suffit-il de sa force et de ses facultés ?
Est-ce assez de l'élan et de l'enthousiasme ?
Non, ce n'est point assez ! Nourri dans le marasme,
Est-il donc étonnant qu'il lui faille aujourd'hui
Un soutien, un Mentor, qui, marchant devant lui,
Quand sous ses pas tremblants le danger s'amoncelle,
Sache le soutenir si sa vertu chancelle.

Cet utile soutien, ce guide, ce Mentor,
Vous qui l'avez été, vous devez l'être encor.
Ah! puisque vous l'avez lancé dans la carrière,
Ne lui laissez pas faire un seul pas en arrière;
Car, vous le savez bien, reculer, c'est périr,
Et le peuple français ne peut ainsi mourir!

Au voyageur errant sous les ardeurs brûlantes
D'un soleil tropical, dans les plaines mouvantes
De l'antique Lydie, il faut un guide expert
Qui dirige sa marche à travers le désert.

A l'adroit ouvrier qui sur un précipice
Se prépare à construire un solide édifice,
D'un architecte habile il faudra le concours
Pour régler les travaux et diriger leur cours.

Guider nos pas, voilà quel doit être le rôle
D'un homme tel que vous, dont la moindre parole
Est par nous écoutée avec attention,
Et dont le talent seul fait l'élévation.
Venez encourager l'union qui se fonde;
C'est là qu'est le salut et l'avenir du monde,

C'est là qu'est le repos et la prospérité,
C'est là qu'est notre gloire et notre liberté !
Qu'il serait beau de voir bourgeois et prolétaires
Se tendre enfin la main ! Ne sont-ils pas tous frères?
Ce jour présagerait un illustre avenir;
Car, si des intrigants ont su nous désunir,
C'en serait fait alors de toutes ces menées
Qui barrent le chemin aux grandes destinées
D'un pays qui gémit, chargé d'indignes fers,
Lorsque son front devrait planer sur l'univers !
Ce serait la frapper à mort, la coterie
Qui prétend gouverner notre belle patrie;
Ce serait éviter un redoutable écueil,
Qui, pour nous engloutir, cache un vaste cercueil !
Travaillons de concert au progrès, au bien-être
De la masse qui souffre; un jour viendra peut-être
Où ce problème immense et longtemps débattu
Enfin se résoudra dans la paix, la vertu.
Riche, pauvre, oublions, pardonnons, et le reste
Dieu le fera pour nous dans sa bonté céleste !

LA PENSÉE.

A M. VICTOR HUGO.

— *E pur si muove!* —
(GALILÉE.)

« La terre est ronde, elle a la forme d'une boule,
« Tourne sur elle-même, et de plus elle roule
« Dans l'espace et le vide autour de ce soleil
« Au ciel suspendu comme un globe de vermeil! »
Qui dit cela? d'où vient cet horrible blasphème?
Seigneur, venge ta foi, lance ton anathème

Sur le front du mortel assez audacieux
Pour oser pénétrer dans les secrets des cieux!
Punis cet imposteur qui, jouet d'un vain songe
Ose nous affirmer un odieux mensonge!
Travaille, Galilée, avec avidité
Des lois de l'Univers sonde l'obscurité!
Use dans ces calculs, use ton existence
Et tu seras maudit; voilà ta récompense!
Écrivains de talent, poëtes, grands esprits,
Philosophes profonds, vous serez tous maudits!...
Vous verrez tour à tour vos illustres génies
Comme des criminels jetés aux Gémonies!
Kant, Descartes, Bacon, Copernic et Newton,
Et Leibnitz et Voltaire, et le Dante et Milton!
Travaillez, travaillez, pléiade glorieuse;
Vous, dont l'humanité doit rester orgueilleuse,
Surmontez et bravez fatigues et labeurs,
Et vous serez maudits pour prix de vos sueurs!
La gloire et le renom, ce magique symbole
Qui plane sur vos fronts, lumineuse auréole,

Mais dont l'éclat trop vif éblouit bien des yeux,
Vous fera tous maudire au nom du roi des cieux!
Quel étrange destin est le nôtre en ce monde!
En pétrissant nos corps d'un limon vil, immonde,
Dieu sans doute a voulu nous faire souvenir
Qu'à la terre nos corps doivent appartenir!
Mais, en donnant au corps cette basse origine,
D'un souffle tout-puissant de son âme divine
Il a formé notre âme où sa main a jeté
D'apprendre et de penser la noble faculté!
Eh! que notre corps reste attaché sur la terre!
C'est son destin, il faut le subir et se taire;
Mais notre âme que Dieu dota si richement,
A laquelle il donna savoir, raisonnement,
Notre âme doit-elle être à jamais condamnée
A rester en ce cercle avec nous enchaînée?
Pour plaire au Créateur qui voulut l'ennoblir,
Faut-il donc la laisser ramper et s'avilir?
Le cèdre jusqu'au ciel avec orgueil s'élance,
Et, tandis que son pied rampe au sol, il balance

Fièrement dans la nue un front majestueux
Qui brave des autans le souffle impétueux!
Le Seigneur craint-il donc sa cime menaçante,
Haute pour les mortels, pour lui basse et rampante?
De ses souples rameaux doit-il être jaloux?
Sa croissance doit-elle exciter son courroux?
Non, non; car si sa main place un germe de sève
Dans ce tronc, c'est afin qu'il grandisse et s'élève!

L'homme est, par son destin à cet arbre pareil,
En le tirant de rien, de l'éternel sommeil
Dieu plaça dans son âme une faible parcelle
De son esprit divin, lumineuse étincelle
Qui, se développant, donne à l'humanité
Un rayon du pouvoir de la Divinité!
Peut-il être offensé, ce roi de la nature,
Peut-il être offensé de voir sa créature,
Profitant des instincts que lui-même a pris soin
De semer en son cœur, obéir au besoin
Besoin impérieux, que sa raison fait naître,
De s'élever vers lui, d'apprendre à le connaître?

Non, il ne le peut pas! Car pour être adoré
Il faut que le Seigneur par nous soit admiré!
Non, il ne peut vouloir d'une aveugle croyance;
Dieu veut être adoré dans sa toute-puissance,
Adoré dans son œuvre et sa grande bonté,
Dans sa justice extrême et dans sa majesté!
Pour l'aimer de la sorte, il faut le bien comprendre;
Pour adorer ses lois, il faut savoir entendre
La voix de l'Univers, si beau dans sa grandeur,
Dire de l'Éternel la gloire et la splendeur!!!

D'où viennent ces menteurs effrontés et perfides?
D'où viennent-ils ces gens, champions intrépides
De l'ignorance jointe à l'abrutissement,
Qui prétendent régner sur l'asservissement?
De quelle autorité positive, certaine,
Se font-ils les tyrans de la pensée humaine?
Chevaliers de l'erreur et de l'obscurité,
Basés sur je ne sais quel texte contesté
De la sainte Écriture et des saintes doctrines,
Ils veulent étouffer au fond de nos poitrines

Le germe intelligent dont la divine main
En lui donnant la vie orna l'esprit humain !
C'est en vain, car, malgré leurs efforts, la pensée
Entre leurs doigts serrés doucement s'est glissée !
Malgré tous leurs bûchers, leurs supplices d'enfer,
Bien qu'ils l'aient enfermée en un cercle de fer,
Brisant le fer, bravant la flamme redoutable,
Elle a pu s'échapper, Protée insaisissable,
Se frayer un chemin vers la postérité
Et répandre à grands flots sa divine clarté!
Par elle, l'homme a pu s'élancer dans la nue,
Pénétrer dans un monde, une sphère inconnue;
De la terre il a su la forme et la grandeur ;
Il a de l'océan sondé la profondeur,
Mesuré la hauteur du soleil, des étoiles,
Calculé leur volume, et déchiré les voiles
Dont les obscurs replis dérobaient à nos yeux
Une ressource immense, un pouvoir précieux ;
Il a pu découvrir cette force morale
Qu'aucune autre sur terre et n'atteint et n'égale!

A mesure que l'homme avance en ces travaux,
Il arrête ses yeux sur des bienfaits nouveaux :
— Plus il combine l'air, plus il retourne et sonde
Les vastes profondeurs de la terre et de l'onde,
Plus il pénètre avant dans la création;
— Plus il sent, non l'orgueil, mais l'admiration,
Plus il sent que son bras tombe et se paralyse;
— Plus il déduit, calcule, et plus il analyse,
Plus il cherche ardemment et plus son œil veut voir;
— De la main du Seigneur plus il sent le pouvoir,
Plus il sent de son cœur l'impuissante faiblesse,
Et plus il sent de Dieu l'immuable sagesse.

Je me résume, et dis que vingt fois il vaut mieux,
Sans tenter follement d'escalader les cieux,
Sans même approfondir les causes de notre être,
Rechercher son essence, afin de mieux connaître
Les bontés du Seigneur, et, par là, de pouvoir
Déduire des humains le culte et le devoir.
Sans doute, ce n'est pas de la sorte qu'entendent
Les lois du ciel, ces gens qui, sans honte, prétendent

De la religion se faire un instrument
Pour fausser les esprits et régner aisément;
Ces gens qui nous ont fait un Dieu si redoutable
Que l'on serait tenté de se donner au diable!!!

Mais si l'intelligence a bien des ennemis,
Elle a su rencontrer de courageux amis,
Gens d'esprit et de cœur, et qui, dans tous les âges,
Ont noblement servi sa cause en leurs ouvrages;
Des amis qui sont morts, morts en la défendant,
Afin de l'arracher à ce joug dégradant
Qui sous d'iniques lois la retenait captive;
Morts pour lui rendre enfin sa force primitive.
Gloire à leur souvenir, car de l'humanité
Par un noble martyre ils ont bien mérité!

Oh! qu'il doit être doux pour les âmes bien nées,
Qui par la passion ne sont pas dominées,
Qui comprennent du ciel les desseins éternels
D'ajouter un beau nom à ces noms immortels,
De vouer son talent, de consacrer sa vie
A défendre, à venger la pensée asservie!

Vous l'avez bien compris, vous l'avez fait : merci!
De notre dignité vous avez pris souci;
Mais vous vous êtes fait de cruels adversaires,
Les coupables amis des bourreaux de nos pères :
Laissez-les s'épuiser en efforts superflus;
Ne les redoutez point : ces temps-là ne sont plus
Où leur haine donnait la mort la plus cruelle.
Si leur bave salit, elle n'est plus mortelle!

Dans ce drame éternel, et dont l'homme est l'acteur,
Dont le monde est la scène, et qui, pour spectateur
Et pour juge a Dieu seul, votre âme courageuse,
Cédant à sa nature ardente, généreuse,
A fait choix d'un beau rôle; elle est digne en tout point
De le remplir; allez, et ne vous lassez point!
Plus nous nous avançons dans ce drame terrible,
Plus nous nous approchons d'un triomphe infaillible,
Et plus il faut de force et surtout de vertu.
Le succès fuit toujours un esprit abattu!
Le lutteur intrépide engagé dans l'arène
Doit braver la fatigue et mépriser la peine!

S'il chancelle ou faiblit, c'en est fait, il perdra
Le prix de ses efforts... Un autre gagnera!

Soldat de cette illustre et valeureuse armée
Qui marche pour venger la pensée opprimée,
Votre double talent de poëte fécond,
D'éloquent orateur et de penseur profond,
Vous a su conquérir la place qu'on assigne
Aux esprits éminents et dont vous êtes digne!
Marchez, montrez l'exemple, et chacun vous suivra!
Combattez, et chacun près de vous combattra!
Athlète courageux, votre rang vous impose
Une tâche terrible, un devoir grandiose!
Ah! puisque votre cœur si grand, si dévoué,
A cette sainte cause ardemment s'est voué,
Portez haut son drapeau! Venez à notre tête,
Et puisque nous marchons vers cette autre conquête
D'un nouveau talisman et d'une autre toison,
Argonautes nouveaux, soyez notre Jason!

4

Vous verrez votre nom, au jour de la justice,
Parmi d'illustres noms, écrit au frontispice,
Au rang que vos travaux vous auront mérité,
Dans le temple de gloire et d'immortalité!

GRANDEUR ET MODESTIE.

A BÉRANGER.

— Je n'ai flatté que l'infortune! —
(BÉRANGER.)

— Ni l'or ni les grandeurs ne nous rendent heureux! —
(LA FONTAINE.)

Pardonnez, Béranger, si ma muse indiscrète
Ose aller vous chercher au fond de la retraite
Où depuis trop longtemps vous êtes retiré;
Dans ce modeste asile au repos consacré,
Et digne seulement d'un homme dont la gloire
N'aura jamais besoin, pour rester en mémoire,

De briguer des emplois le trop futile honneur
Ou d'emprunter un luxe éclatant et menteur!
Ah! si je viens troubler la douce quiétude
Dont vous semblez jouir en votre solitude,
Ce n'est pas pour jeter votre nom respecté
Dans ce chaos de noms, tourbillon empesté
Dont le toucher flétrit et dont le souffle emporte,
Mais dont le bruit expire au seuil de votre porte!
Je ne viens point non plus évoquer en ces vers,
Lorsqu'on voit s'agiter tant d'intérêts divers,
Votre nom en faveur d'un intérêt, d'un homme,
N'importe quel il soit et comment on le nomme,
Ou bien, par une adroite insinuation,
Vous faire le drapeau de quelque ambition!
Non, non, tels ne sont pas mon but ni ma pensée!
Lorsque depuis longtemps notre France oppressée
S'éteint dans la discorde et la désunion,
Ce que je veux, c'est faire ici diversion
En montrant au pays votre noble visage,
Où se reflète encor la vertu d'un vrai sage!

Dans cette triste époque où l'incapacité
Ne se peut mesurer qu'avec la vanité;
Quand les hommes en proie à la monomanie,
Après avoir tonné contre la tyrannie,
Semblent pris de vertige et veulent tous avoir,
Pour n'en savoir que faire, un lambeau du pouvoir;
Dans ce siége à la fois terrible ou ridicule,
Quand tout le monde avance et qu'aucun ne recule;
Quand la royauté voit sur son triple tombeau
Ses valets s'arracher jusqu'au moindre lambeau
De sa triste dépouille, et, comble des folies,
S'affublant sans pudeur de ces hardes salies,
Cacher leur nullité sous ces honteux débris
Que deux fois en vingt ans arracha le mépris;...
Enfin, lorsque la France éperdue, étonnée,
Contemple ces excès, mascarade effrénée,
Pour nous, trop fatigués par cet aspect cruel
D'un désordre profond, fâcheux, continuel,
Il est bon de pouvoir arrêter notre vue
Sur une âme modeste et que n'a point émue

*

Cette soif des emplois, des titres, des honneurs,
Que l'on trouve aujourd'hui presque dans tous les cœurs.
Il existe des gens à l'humeur babillarde
Qui s'en vont par le monde, et d'une voix criarde
Ergotant, discutant sur les moindres objets
Sans en étudier les causes, les effets;
Des gens dont l'éminente et féconde cervelle
Possède la science infuse, universelle:
Arts, lettres, politique, à ces mortels heureux
Rien ne reste étranger, rien n'est secret pour eux;
Tout leur est familier, et leur fertile plume
Peut écrire en un jour un énorme volume!
Hommes d'État... voilà le nom que de nos jours
On donne à ces parleurs de qui les beaux discours
Aux peuples affamés conseillent la sagesse;
Qui, tout confits d'honneurs, de crédit, de richesse,
Tonnent contre l'orgueil, contre l'ambition,
Prêchant la modestie et l'abnégation.
Le ventre plein, le corps bien couvert, ils déclament
Contre la soif de l'or, et bien haut ils proclament

Les douceurs du repos, maudissent les tracas
De la place publique et son triste fracas
(Pour obvier sans doute à toute concurrence!)
Ce qui n'empêche pas qu'en mainte circonstance
Malgré leur goût champêtre et leur répulsion
D'un pouvoir pour lequel ils n'ont qu'aversion,
Malgré leur tendre amour du repos, du silence,
Faisant à leur esprit quelque peu violence,
De sauver le pays pénétrés du désir,
Ils prennent le fardeau, d'où qu'il puisse venir!
C'est alors qu'il faut voir ces dévoués sublimes
Venir béatement se poser en victimes
De leur amour du peuple et de leur dévoûment,
Du poids de leur grandeur se plaindre amèrement!
Le pouvoir est pour eux une bien triste place!
Pourtant à le défendre ils mettent tant de grâce,
Qu'ils donnent, les grands cœurs! honneur et probité
Pour sauver ce pouvoir et... leur autorité!

Tels sont ces gens, cachant un étroit égoïsme
Sous ce masque d'honneur et de patriotisme,

Et qui, sans hésiter, pour leur ambition,
Vendent effrontément leur réputation,
Qui feignent la sagesse et dont l'âme cupide,
Sous une modestie apparente et perfide,
Dissimule avec soin l'orgueil, l'avidité!
Ambition sans frein!... voilà la qualité
Qui seule leur convient et devrait être écrite
Tout au long, par nos mains, sur leur face hypocrite!

Oh! combien vous avez été sage et prudent
De ne point obéir à ce désir ardent
Qui saisit aujourd'hui tous les hommes capables,
Et qui, de vertueux, les rend souvent coupables;
De rester en dehors de ces partis nombreux
Qui, sans respect humain, se déchirent entre eux,
Vous, à qui le talent, le respect, le mérite,
Assuraient tout d'abord une place d'élite!
Alors que tant de gens, mus par la vanité,
Si pleins de confiance en leur capacité,
Se disputent entre eux les publiques affaires,
Vous, l'esprit animé de sentiments contraires,

Après avoir servi, plein d'abnégation,
La cause du pays, exempt d'ambition,
Quoiqu'ayant supporté d'immenses injustices,
Vous ne demandez rien pour prix de vos services.
La France vous sait gré de votre dévouement,
Elle respecte en vous désintéressement,
Modestie et talent, cet assemblage rare
De trois belles vertus dont la terre est avare.

Vous avez bien compris que, pour être admiré,
Il n'est jamais besoin que l'on soit entouré
De ce faste pompeux dont les éclats splendides
Conviennent seulement aux esprits vains et vides;
Vous avez bien compris que la simplicité
Est la vertu d'un sage, et cette faculté
Est avec le génie en votre esprit innée;
Vous avez bien compris que si la destinée
Nous réserve un beau nom, il faut le soutenir
Et se garder surtout de le laisser ternir
Au contact dangereux des passions humaines,
Poison qui, malgré nous, s'infiltre dans nos veines !

Vous l'avez bien compris! Votre noble maintien
Vous a conquis l'amour de tous les gens de bien,
Et tandis que chacun succombe à ses misères,
Vous forcez au respect, même vos adversaires,
Vous vous faites un nom de qui la pureté
Se transmettra sans tâche à la postérité!

Bien des esprits pourtant se plaignent d'un silence
Qu'ils ne comprennent pas: pour eux votre présence
Aux affaires devait être un gage assuré
D'un pouvoir libéral et vraiment modéré.
Injustes envers vous par un excès d'estime,
Ils voudraient que, sortant de cette vie intime,
D'une main ferme, honnête, arborant l'étendard
De notre liberté, vous prissiez votre part
De cette ardente lutte. En ce jour de souffrance,
Ils vont jusqu'à blâmer comme une indifférence
Ce sentiment si fin, si beau, si délicat
Qui vous tient à jamais éloigné du combat.
Chaque âge n'a-t-il pas ses lois, ses conséquences?
Il faut courber le front devant ses exigences.

Athlète courageux et si plein de vigueur,
Vous avez dû céder au temps, à sa rigueur,
Et déposer votre arme, aux traîtres redoutable,
En face d'un tyran cruel, impitoyable!
Votre dette est payée. Ah! sans utilité
Pour la France, pour nous, pour notre liberté,
Puisqu'il est resté pur de toute flétrissure,
Gardez-vous de jeter votre nom en pâture
Aux passions du jour! Par leur souffle souillé,
Bientôt de son prestige il serait dépouillé.

D'ailleurs, en cet asile où doucement s'achève
Votre vie admirable et qu'un orgueilleux rêve
N'a jamais pu troubler d'un orgueilleux désir,
Qui ne sait, dès longtemps, que votre seul plaisir,
Que votre unique soin, est de tendre sans cesse
Une main bienveillante à ceux dont la détresse
Vient recourir à vous? Au faîte des grandeurs
On s'endurcit, dit-on, à l'aspect des douleurs,
Et l'âme se dessèche. En votre humble demeure,
Au contraire, jamais le malheureux qui pleure

En vain cherche un appui; car de votre crédit
Des pauvres noblement vous faites le profit.
Vos mains ont de la sorte essuyé bien des larmes,
Elles ont adouci de cruelles alarmes,
Et, sans faire jamais expier un bienfait
Par un dédain cruel qui ternit son effet.
Non, ce n'est point user dans un repos stérile
Une noble existence en dévoûment fertile
Que de se consacrer lorsque l'âge a chassé
L'ardeur de la jeunesse et qu'il a remplacé
Le désir des combats par l'amour du silence,
Que de se consacrer avec persévérance
A soulager des maux que d'autres ne voient pas,
Ou que, pleins de dédain, ils foulent sous leurs pas!
Voilà pourquoi la France, ô Béranger, révère
En vous un homme sage, et le pauvre aime un père.

LA RÉPUBLIQUE.

A M. CAVAIGNAC.

Dans ce siècle fécond en immenses tempêtes,
Lorsque nous entendons au-dessus de nos têtes
Gronder avec fracas vingt révolutions,
Dont le souffle, ébranlant trônes et nations,
Va partout excitant ces immenses batailles
Qui font trembler l'Europe au fond de ses entrailles,
Gigantesques combats entre un pouvoir naissant,
Dont le bras est déjà vigoureux et puissant,
Et cet autre pouvoir magique, séculaire,
Qui s'écroule, miné par le flot populaire;

Quand la société voit son dernier rempart
Sous un terrible effort crouler de toute part,
N'ayant plus pour soutien qu'un avide égoïsme,
Un intérêt coupable unis au despotisme;
Quand les peuples levés pour soutenir leurs droits
Se placent hardiment en face de leurs rois;
France, que fais-tu donc, toi qui, dans la carrière,
Du joug impatiente, accourus la première,
Qui donnas le signal aux peuples étonnés
En chassant par trois fois tes maîtres couronnés?
France, qui traversas tant de siècles de gloire,
Ton nom au premier rang restera dans l'histoire
Écrit en traits de feu, car le progrès humain,
Comme un enfant chéri te prenant par la main,
Pendant quatre cents ans t'a faite plus féconde
Que ne le fut jamais aucun peuple du monde;
D'où vient donc que ton front, si beau, si glorieux,
Pâlissant aujourd'hui, se courbe soucieux?
L'étranger a-t-il donc déchiré tes entrailles
Ou massacré tes fils dans vingt grandes batailles?

A-t-il porté chez toi la désolation?
Subirais-tu le joug d'une autre nation?
Non, non, car à ces mots ton ardente prunelle
Reprend tout son éclat, ton regard étincelle
D'une mâle fierté; tu relèves le front
Comme un lion blessé par un indigne affront!
Non, l'étranger n'a point souillé ton territoire,
Non, tu n'as rien perdu de ton antique gloire,
Et ton nom, au dehors justement respecté,
Ton nom conserve encor toute sa pureté!
  Mais pourquoi courbes-tu cette tête si fière
Si ton nom reste pur? Pourquoi vers la poussière
Penches-tu ce regard naguère étincelant?...
Ah! je comprends enfin... car ton bras est sanglant,
Car ton sein est souillé, trop malheureuse mère,
Par le sang de tes fils versé dans une guerre
Impie et criminelle et qu'on ne peut venger!
Ah! s'il était versé par le fer étranger,
On t'aurait déjà vue, en ta colère ardente,
Dans le sang ennemi laver ta main sanglante,

Venger ton noble sein qu'on eût osé meurtrir,
Moissonner des lauriers, triompher ou... mourir!
Hélas! il n'en est rien; je comprends que la honte,
Après un tel forfait, au visage te monte,
Ton sang coule, et tes fils, se déchirant entre eux,
Seuls ont porté le fer en ton sein malheureux!
Qui peut armer vos bras d'un glaive fratricide?
Qui fait naître entre vous cette lutte homicide,
Français? et quel démon odieux, détesté,
A corrompu vos cœurs de son souffle empesté?
Quoi! la guerre civile et son hideux cortége
D'immondes passions, de gloire sacrilége,
De désirs insensés et de boue et de sang,
Chez vous trouve un refuge et vous descend au rang
De ces peuples sans nom, sans passé, sans histoire,
Qui vivent sans grandeur et qui meurent sans gloire?
Est-ce grand? est-ce beau? Cet exemple fatal
Devait-il donc venir de qui vint le signal
De l'affranchissement et du bonheur du monde?
Oh! notre tâche était plus belle, plus féconde!

En brisant notre joug au nom de Liberté,
En proclamant bien haut : Paix et Fraternité,
Il eût fallu conclure une trêve sublime
Qui consacrât chez nous une union intime!
En signant d'une main un pacte fraternel,
L'autre devait briser tout glaive criminel.
Cette union pourtant, il la faut... Prenons garde,
Le colosse du Nord attentif nous regarde;
Il assiste tranquille à nos déchirements;
Son œil contemple et suit tous nos dissentiments;
Puis lorsque, divisés par nos tristes discordes,
L'heure sera propice, il lancera ses hordes
Et viendra tout à coup, par un puissant effort,
Se poser en arbitre et régler notre sort!
N'avons-nous donc point vu de ses larges frontières
Sortir hier encor ses bandes meurtrières,
Ce ramas composé de cent peuples divers,
Que son bras va chercher au fond de l'univers;
Cent peuples affamés de butin, de pillage,
Dont le nom seul pour nous est un mortel outrage?

Couvant d'un œil jaloux notre pays si beau,
Ils brûlent du désir de creuser son tombeau !
La coalition se forme et nous menace,
Rien ne peut égaler son incroyable audace,
Et, tandis qu'au dedans nous nous désunissons,
Tandis qu'aveuglément nous nous affaiblissons,
Tranquille elle s'avance et vient jusqu'à nos portes
Sur les bords de l'Oder assembler ses cohortes,
Montrant à ses soldats, pour les encourager,
Un immense butin, la France à ravager !
Ces périls sont certains; c'est en vain qu'on les nie;
La royauté qui tombe, au despotisme unie,
Fera, pour ressaisir son antique étendard,
D'énergiques efforts... Faisons qu'il soit trop tard !
Et vous, vous dont la main a gouverné la France,
Républicain de cœur autant que de naissance,
Qui fûtes appelé dans un jour de terreur,
Dans un fatal moment de désespoir, d'erreur ;
Vous dont le cœur saigna devant cette victoire,
Qu'une tache de sang marquera dans l'histoire,

Qu'êtes-vous devenu? Vous dont les bras puissants
Tenaient sous votre loi soumis, obéissants,
Les divers éléments du parti monarchique
Que la peur a ligués contre la République,
Vos services leur sont aujourd'hui superflus,
Vous êtes inutile, on ne vous connaît plus!
Vous les avez sauvés... eux, ils vous abandonnent!
Vous les avez sauvés... eh bien! ils vous pardonnent.
Que voulez-vous de plus? Hier, ils avaient peur;
Ils vous flattaient alors! Honteux de leur terreur,
Rougissant aujourd'hui de leur humble attitude,
Ils se vengent de vous par leur ingratitude!
Qu'attendiez-vous de plus? Heureux si, seulement
Oublieux aujourd'hui de votre dévoûment,
Ils se taisaient; mais non; non, car la calomnie
S'est, pour vous abaisser, à la bassesse unie.
Hier, on nous disait : C'est un ambitieux;
Vous êtes aujourd'hui presqu'un séditieux,
Un démagogue, un rouge au contact délétère,
Qu'il faut fuir et laisser isolé, solitaire!

Je ne plaisante pas : vous êtes compromis,
Suspect à votre tour, et vos propres amis,
Ceux qui suivent encor votre foi politique,
Subissent chaque jour une amère critique.
Et voilà cependant, voilà ce que l'on dit,
Et ce qu'en vingt journaux chaque matin on lit.
Mais ne vous fâchez pas de leur triste courage,
Car vous les avez vus, à l'heure du naufrage,
Ramper en suppliants, sans honte ni pudeur,
Pour préserver leurs fronts vous nommer DICTATEUR !
Ah ! malgré les dédains et les sottes injures
De ces valets de rois, cœurs formés aux parjures,
Vous pouvez retrouver un illustre avenir,
Car la France saura toujours se souvenir
Qu'une noble parole, un serment énergique
Vous a fait défenseur de notre République !
Sauver la liberté, voilà la noble part
Qu'il vous faudra choisir ! Ah ! restez à l'écart,
N'usez point votre nom dans cette étrange lutte,
Qui d'un pouvoir usé nous présage la chute !

La France vous attend à des combats plus beaux,
Et confie à vos soins l'honneur de ses drapeaux!

Ah! vous n'avez rêvé, sans doute, d'autre gloire
Que celle d'occuper un jour dans notre histoire
La place réservée à tout homme de bien,
Qui fut de son pays l'honneur et le soutien!
A d'autres sentiments votre âme inaccessible
A dès longtemps compris qu'il ne nous est possible
De léguer un grand nom à la postérité
Qu'en défendant honneur, progrès et liberté!
Ah! ce n'est pas toujours, j'en atteste l'histoire,
Le pouvoir souverain qui nous donne la gloire.
Pepin fut-il plus grand que Charles-le-Martel?
Suger n'est-il donc pas un ministre immortel?
Du Guesclin est-il moins connu par son courage
Que ne l'est son bon roi, Charlès cinq, dit le Sage?
Il vaudra toujours mieux, et l'histoire en fait foi,
Être un bon citoyen qu'un médiocre roi!

LA LIBERTÉ.

A M. ÉMILE DE GIRARDIN.

Il faut une main forte qui abatte le despotisme de la servitude avec le despotisme de la liberté !

(LOUIS-NAPOLÉON BONAPARTE, *OEuvres complètes.*)

Liberté ! pourquoi donc à ce mot tant d'horreur?
Pourquoi donc à ce mot cette étrange terreur,
Cette répulsion, cette ardente colère?
Quels terribles malheurs sur notre pauvre terre
A donc jamais vomis ce monstre redouté?
Est-ce un démon hideux dont le souffle empesté

Doit corrompre nos cœurs et gangrener nos âmes
Pour les jeter ensuite aux éternelles flammes?
Est-ce un démon hideux échappé de l'enfer,
Arbitre de Satan, suppôt de Lucifer,
Lugubre messager dont le rôle est de nuire,
Et qu'il faille à tout prix écraser et détruire?
  Non, non, telle n'est point la sainte liberté :
C'est un souffle émané de la Divinité,
Des peuples opprimés l'espérance et l'amie,
Et de tous les tyrans la mortelle ennemie;
Abattue aujourd'hui, triomphante demain,
En un mot c'est l'esprit, l'âme du genre humain.
  Dieu créa l'homme libre en lui donnant la vie;
Si son âme pourtant s'est trouvée asservie,
La faute est à lui seul ; c'est la punition
De son stupide orgueil, de sa présomption.
Dieu créa l'homme libre, et, par son égoïsme,
Il s'est soumis lui-même au joug du despotisme.
Laissant son âme ouverte aux viles passions,
Des tyrans sont venus qui, sur les nations,

Ont, grâce à la discorde, établi leur puissance,
Et les ont fait ramper sous leur obéissance.
Notre France, sortant de ce profond sommeil,
Aux peuples a donné le signal du réveil,
En cherchant par trois fois, noble initiative,
A délivrer enfin la liberté captive.
Son ouvrage n'est point encore terminé,
Car si le despotisme est fortement miné,
Il laisse parmi nous des racines profondes
Qui deviendront sans doute en désastres fécondes,
Qui présagent encore un sinistre avenir,
Si l'on ne sait bientôt, hélas! les prévenir.
En s'enfuyant, il laisse au cœur de la patrie
Pour combattre en son nom une troupe aguerrie,
Attachée au passé par un honteux lien,
Phalange mercenaire et qui compte pour rien
L'honneur du nom français, sa gloire, sa puissance,
Qui méprise le peuple et rit de sa souffrance,
Dont le haineux orgueil, fuyant l'égalité,
Ne veut d'autre souci que sa cupidité.

Sachons nous défier. Quoique cette cohorte
D'éléments ennemis se compose, elle est forte;
Rompue à ces combats, avec habileté
Bientôt on la verra chasser la liberté,
Et forgeant pour nos bras de nouvelles entraves
Et de nouveaux liens, nous faire les esclaves
De quelque obscur tyran, d'un fantôme de roi
Qui devra, pour régner, subir aussi leur loi.
Malheur à nous encor, si l'on ne sait comprendre
Que, seule, l'union peut désormais défendre
L'ombre de liberté qu'on a su conquérir,
Sinon, résignons-nous, nous la verrons périr !

Honneur donc à tous ceux dont la voix courageuse
S'élève en cette lutte étrange, dangereuse,
Qui se font les soutiens des principes sacrés
Qu'en moins d'un demi-siècle ont, chez nous, consacrés
Trois révolutions dont l'haleine féconde
Doit avant peu changer la face du vieux monde,
Et faire pour jamais asseoir la liberté
Sur les débris du trône et de la royauté!

Honneur à vous, monsieur, qui prenez la défense
De la démocratie et de sa cause immense,
Qui prêtez au progrès votre éminent concours,
Consacrant votre vie à diriger son cours!
Honneur à vous, enfin, dont le talent s'applique
A défendre nos droits et notre République;
Et dont l'esprit subtil, avec activité,
En poursuivant le faux cherche la vérité!

Allez, mettez à nu ces consciences mortes,
Ces poitrines sans cœur; de ces haines si fortes
Dévoilez sans pitié les causes, les secrets;
Démasquez hardiment ces coupables regrets;
Avec sévérité flétrissez les parjures,
Riez de leur fureur, méprisez leurs injures;
Au front imprimez-leur ces signes flétrissants;
Dès qu'ils seront connus, ils seront impuissants;
Car leur aveugle rage et leur triste ironie
N'est qu'un râle insensé de leur lente agonie,
Comme un reptile impur frappé d'un trait vengeur
Sent avec le trépas redoubler sa fureur,

Porte à tout ce qu'il touche une horrible morsure,
Infectant de poison sa mortelle blessure.
  Ne les a-t-on pas vus, ces calomniateurs,
Quand le peuple était fort devenir ses flatteurs
Et réclamer pour lui, de leurs voix caressantes,
D'imprescriptibles droits, des réformes pressantes?
Ces jours sont près de nous, s'ils sont déjà loin d'eux.
On les voyait alors, quel spectacle honteux!
Aller de club en club, mendiant un suffrage.
Pour l'obtenir, descendre au plus humble langage;
Pleins d'une sainte ardeur, ils venaient hautement,
Ils venaient protester d'un entier dévouement
A ce qu'ils appelaient la cause populaire,
Exaltant les vertus de l'humble prolétaire.
  Ne les a-t-on pas vus, dans le fond de leur cœur,
Refouler leur orgueil pour flatter leur vainqueur?
Ils ont de la bassesse épuisé la formule;
Ils se sont faits petits, et le peuple crédule,
Qu'a-t-il donc fait pour eux? Il était souverain,
Il les a relevés en leur tendant la main.

Grâce à cette tactique, à ce vil stratagème,
Fourberie érigée au niveau d'un système,
Et dont les résultats sont d'avance escomptés,
Au pouvoir de nouveau les voici remontés.
Qu'y font-ils? Ah! donnant libre cours à leur rage,
Aujourd'hui sans vertu comme hier sans courage,
Un moment abrités derrière le pouvoir,
Ils vengent un combat qu'ils n'ont pas su prévoir,
Espérant effacer par ces moyens coupables
Les traces d'une honte, hélas! ineffaçables!

Voyons-les donc à l'œuvre; ils ont l'autorité;
Que vont-ils faire encor de notre liberté?
Vont-ils enfin tenir la pompeuse promesse
Dont ils berçaient le peuple en ces jours de détresse?
Non, car ils ont menti; leur cœur désavouait
Les mots qu'en cet instant leur bouche prononçait.
Ils ne respectent rien. Dans leur colère inique,
Ils font passer nos lois au crible monarchique;
Secondés par la peur en leur ressentiment,
Ils vengent leur défaite et le font lâchement.

Ils ne respectent rien. Bassement violée
Sous leurs embrassements, sans vie et mutilée,
La liberté n'est plus qu'un corps défiguré.
Est-ce donc bien cela qu'ils nous avaient juré?
Les droits par nous conquis et que nous croyions nôtres,
Ils nous les ont ravis les uns après les autres.
De notre France ils ont, pour comble de l'affront,
Dans un cercle de fer emprisonné le front,
Afin de mieux pouvoir, en leur rage funeste,
De cette liberté nous arracher le reste.
Perfides jusqu'au bout et jusqu'en leur fureur,
Ils invoquent son nom en la frappant au cœur.
N'est-il pas bientôt temps que ce scandale cesse?
N'est-il pas bientôt temps que luise la sagesse?
N'est-il pas bientôt temps que la prospérité
Renaisse et mette un terme à cette iniquité?
Ils veulent des Français faire un troupeau d'esclaves;
Nos fronts ne sont plus faits pour subir leurs entraves.
Alerte, France, alerte! arbore ton drapeau;
Si de tes libertés il te reste un lambeau,

LE TRAVAIL.

A M. MICHELET.

Le travail est la vie d'une nation.
(MIRABEAU.)

Parmi toutes les lois qui régissent le monde,
Il n'en est pas qui soit plus grande, plus féconde
Que la loi du travail, cette nécessité
Tellement inhérente à notre humanité
Que, gravée au sommet de la charte éternelle,
Le Seigneur en a fait une loi naturelle.
Travail, activité, c'est le lien moral,
Le plus solide anneau du chaînon social !

Mais l'homme n'est pas seul soumis à son empire;
Tout ce qui sur la terre et se meut et respire,
Les tigres des déserts, les poissons de la mer,
Habitants des forêts, et de l'onde et de l'air,
Tous doivent par besoin entière obéissance
A ce qu'on peut nommer la loi de l'existence!

Parmi les nations et les peuples divers
Que l'on vit tour à tour habiter l'univers
En y laissant leur trace; où l'œil de la mémoire
Peut pénétrer encore à l'aide de l'histoire,
Ce qui frappe d'abord, c'est que l'activité
Est un signe de gloire et de prospérité;
Tandis que l'indolence unie à la mollesse
N'ont jamais eu pour fruits qu'impuissance et faiblesse.
Cela se comprend bien; car si l'oisiveté,
Engendrant l'inertie et l'incapacité,
Laisse croupir un peuple ignorant, sans lumière,
Dans une barbarie effrayante et grossière,
Ouvre un large chemin aux viles passions
Dont le contact flétrit et perd les nations,

Le travail, au contraire, anime et vivifie;
Fécond en résultats, son culte fortifie,
Ennoblit les états en polissant les mœurs,
Et sans peine chassant les grossières erreurs,
Les superstitions qui ne prennent naissance
Et n'ont de fondement qu'au sein de l'ignorance!
Le règne du travail et de l'activité,
C'est le règne de l'ordre et de la liberté;
C'est le règne du droit et du patriotisme;
C'est le bonheur de tous, la mort de l'égoïsme!
Le règne du travail, c'est le règne des arts,
De l'honneur, du talent. Alors de toutes parts
Le commerce brillant, ce père de l'aisance,
Sous le toit populaire apporte l'abondance.
Le règne du travail, c'est le règne des lois,
Le règne de la paix; c'est la chute des rois!
De quoi sert, en effet, ce joug d'ignominie
D'un homme sur un peuple et cette tyrannie
Qui peut, en son pouvoir tenant la liberté,
L'appeler, la bannir, selon sa volonté?

— Dans les temps où l'erreur unie au fanatisme
Ouvrait fatalement la porte au despotisme;
Quand les peuples grossiers, au désordre livrés,
Comme de vils troupeaux vivaient agglomérés,
Sans qu'aucun intérêt moral ou politique
Les attachât encore à la chose publique
Et pût aux passions mettre un vigoureux frein,
Qu'un homme audacieux ait conçu le dessein
D'établir son pouvoir par la force et l'audace,
De commander en maître à l'ignorante masse,
On en comprend le but et la nécessité.
Bien que cela parût blesser l'égalité,
Il fallait suppléer, même par l'arbitraire,
Au défaut d'union toujours si nécessaire;
Il fallait réunir en un même faisceau
Les éléments d'un corps faible comme un roseau
Alors que l'unité, par malheur, lui fait faute!
Mais, lorsqu'un peuple, enfin, porte la tête haute;
Lorsqu'au prix du travail et des difficultés
Il a développé ses nobles facultés;

Lorsqu'il puise sa force à cette source vive
Qui donne la grandeur par une vie active;
Lorsqu'il comprend : d'abord le besoin sans égal
De fonder fermement le pacte social;
Puisque sa volonté, pour être souveraine,
Doit avant toute chose être pure, homogène;
Chez ce peuple, à quoi donc peuvent servir des rois
Si ce n'est à gêner l'exercice des droits;
Si ce n'est à créer de coupables entraves
Qui d'un peuple affranchi font un peuple d'esclaves?

L'homme, par sa nature, est semblable à l'état;
Le travail l'ennoblit en lui donnant l'éclat
Et le plus magnifique et le plus respectable
Que la gloire divine, en trait ineffaçable,
Puisse jamais graver de sa divine main
Et sur un cœur mortel et sur un front humain!
A l'homme le travail dévoile la noblesse
De sa haute origine. Il combat sa faiblesse,
Rend son esprit subtil et l'aide à profiter
Des bienfaits dont le ciel a daigné le doter;

L'homme par le travail s'éclaire et s'émancipe;
Il démêle le vrai d'avec le faux principe;
Des cruels éléments il dompte la vigueur,
Et sait avec succès combattre leur rigueur;
L'homme par le travail et s'élève et s'illustre,
Et le plus grand de tous lui doit son plus beau lustre!
Il fut un temps, il est loin de nous, grâce au ciel,
Où, pour se faire un nom, éclatant, immortel,
Pour enrichir ses fils, pour illustrer sa race,
Il suffisait d'un peu de courage et d'audace.
Tels on vit autrefois, dans ces siècles flétris,
Des seigneurs orgueilleux, d'ambition pétris,
Verser le sang français dans d'infâmes batailles
Et lambeau par lambeau s'arracher les entrailles
De leur pays commun, en décidant du sort
Des peuples malheureux par le droit du plus fort.
Quel beau temps! quelle époque à jamais admirable!
On ne le voyait point ce peuple misérable,
Sous le prétexte vain de conquérir ses droits,
Mépriser ses seigneurs et renverser ses rois!

Docile à tous les jougs, en moins d'un an sa tête
Était vingt fois le prix d'une ignoble conquête ;
A la glèbe attaché dans ces luttes sans fin,
Il était des vainqueurs la proie et le butin,
Et par eux à merci taillable et corvéable,
On le donnait, vendait, aux animaux semblable ;
On trafiquait de lui comme d'un vil bétail,
Le forçant tour à tour à la guerre, au travail.

Voilà d'où sont sortis ces gens qui de leur race
Ont bien gardé l'orgueil, mais ont perdu l'audace ;
Incapables de rien de beau, de glorieux,
Ils se parent d'un titre acquis par leurs aïeux,
Comme si l'on pouvait vanter son origine
Quand pour principe elle a la guerre et la rapine !
Que nous font donc, à nous, ces mille hobereaux?
Laissons-les consumer, au fond de leurs châteaux,
Dans un repos sans gloire une vie inutile;
Leur prestige s'efface en leur main trop débile !
Laissons-les, pour couvrir leur sotte vanité,
Se draper dans un nom qu'ils n'ont pas mérité !

Les siècles ont marché; la véritable gloire,
Aujourd'hui, ce n'est pas celle que la victoire
Sur des monceaux de morts par milliers entassés
Donne pour tant de sang, pour tant de pleurs versés.
La noblesse aujourd'hui, noblesse véritable,
Noblesse vraiment juste et vraiment respectable,
Ce n'est point celle qui, les armes à la main,
Va, dans un zèle faux, verser le sang humain,
Ou coudre, au prix du sang, du meurtre, du pillage,
Quelque lambeau de terre à son vaste héritage,
Sans avoir d'autre excuse en cette œuvre de deuil
Qu'un vil ressentiment ou qu'un brutal orgueil!

La noblesse, aujourd'hui de ce titre plus digne,
C'est celle qui s'acquiert par un mérite insigne;
C'est celle qui s'acquiert non pour l'or ou l'argent,
Mais au prix des vertus, du travail, du talent.

Voyez cet homme issu de naissance commune
Et qui, déshérité des dons de la fortune,
Malgré le sort, malgré son aveugle rigueur,
Monte, l'esprit doué d'une mâle vigueur.

En sachant conserver le respect et l'estime,
Au faîte des grandeurs par un élan sublime,
Et fait que ses travaux aient quelque utilité
Pour la cause du peuple et de l'humanité.
Voilà le noble : il faut qu'à sa vue on s'incline.
Cet autre, comme lui né de basse origine,
Mais dont le noble cœur, brûlant d'un feu sacré,
A d'arides travaux s'est longtemps consacré,
Bravant difficultés, fatigues, anathèmes,
A résoudre quelqu'un des immenses problèmes
Inconnus jusqu'alors ou recherchés en vain,
Dont la solution importe au genre humain :
Voilà le noble encor! Tout homme qui travaille
Au bien de son pays, soit au champ de bataille
En dévouant sa vie avec sa liberté
Pour sauver son honneur et son intégrité,
Soit en cherchant dans l'ombre à doter sa patrie
De quelque découverte utile à l'industrie;
Cet homme est noble encor; son titre est bien acquis;
Peu m'importe qu'il soit comte, duc ou marquis,

Que l'un de ses aïeux ait servi Charlemagne
Ou réuni l'Artois au comté de Champagne ;
Il aime son pays, il sert l'humanité :
C'est son titre, il suffit... il est bien mérité !
  Les nobles du travail sont nombreux en ce monde !
La terre a, Dieu merci! toujours été féconde
En glorieux héros, en illustres mortels.
Je les trouve partout : sur le trône, aux autels,
Sous le manteau royal, sous l'habit populaire,
Dans le palais des grands et dans l'humble chaumière.
Dans les siècles passés, c'est Socrate, Platon,
Homère, Cicéron ; aujourd'hui, c'est Newton,
C'est Colomb, Parmentier, c'est Richelieu, Voltaire,
C'est Bossuet, Pascal, c'est... Il vaut mieux me taire ;
Parmi tant de grands noms, desquels ferais-je choix ?
Pour les désigner tous, il me faudrait vingt voix !
  Vous donc, vous qui, sorti d'une obscure naissance,
Mais qui, plein de courage et de persévérance,
A force de travail vous êtes élevé
Dans cette région qu'un mérite éprouvé

Trouve seule accessible; allez, la récompense
Des pénibles travaux auxquels votre existence
Se voue avec ardeur, c'est la célébrité,
C'est la gloire; c'est plus, c'est l'immortalité!
Mais ne vous lassez pas, que votre main soulève
Le voile du passé, dissipant comme un rêve
L'épaisse obscurité qui dérobe à nos yeux
L'histoire de ces temps où furent nos aïeux.
Au peuple racontez quels ont été ses pères;
Dites-lui leurs vertus, leurs vices, leurs misères;
Apprenez-lui par là les sinistres effets
Que produit l'ignorance, et les rares bienfaits
D'un travail éclairé par qui l'âme s'épure
Et devient aussitôt et plus noble et plus pure.
Montrez par leur exemple et leurs tristes malheurs
Comment un peuple tombe au comble des douleurs,
Comment il se relève et peut, brisant sa chaîne,
Avoir sa volonté pour seule souveraine!

LA LÉGITIMITÉ.

A M. BERRYER.

C'est tout ce qu'un homme sage peut faire que de s'assujettir à gouverner un peuple docile, ou un peuple qui le prie d'être comme son père ou son pasteur. Mais gouverner les peuples contre leur volonté, c'est se rendre très-misérable pour avoir le *faux honneur* de les tenir dans l'esclavage.

(FÉNELON, *Télémaque*, liv. VIII.)

I.

On dira que je suis un flatteur du vulgaire,
Que je n'ai de mâles accents
Que pour glorifier l'idole populaire,
A qui je prodigue l'encens;

On dira que parmi la populace immonde,
Triste rebut des nations,
Traînant, comme un boulet, sa misère profonde,
Je cherche mes affections;
Que je ne crois à rien, que six cents ans de gloire
Ne valent pas un souvenir :
Insensés! du passé que me fait la mémoire?
Hélas! je songe à l'avenir!
Non, je n'ai point d'idole aux genoux de laquelle
Mon front se courbe et s'avilit,
Fétiche revêtu de pourpre et de dentelle,
Et que ma bassesse grandit!
Un maître, sinon Dieu, de quel nom qu'on l'appelle,
Me paraît un indigne affront.
Non, je n'ai pas d'idole aux genoux de laquelle
Je me plaise à courber le front!
Mais je suis du parti de celui qu'on opprime,
Car je hais tous les oppresseurs;
Et, puisqu'il faut choisir, j'aime mieux la victime
Que ses lâches persécuteurs!

Je suis de ce parti qui cherche la lumière,
Et qui, sortant d'un lourd sommeil,
Vient, portant sur son front dix siècles de misère,
Réclamer sa place au soleil!
Je suis de ce parti qui vient du fond des âges,
Comme un vaisseau du fond des mers
Ballotté par les vents, roulé par les naufrages,
Dans tous les coins de l'univers,
Brisé par les écueils, décimé, pauvre esclave
Fatigué par les coups du sort,
Auquel un bras cruel, qui lâchement le brave,
Cherche à fermer l'accès du port!
Je ne fais mon idole ici-bas de personne,
Des peuples non plus que des rois;
Mais tout mon être enfin se révolte et frissonne
Lorsque de toutes parts je vois,
Je vois autour de moi, sur l'épaule amaigrie
De créatures du Seigneur,
Flotter tout en lambeaux une harde pourrie,
Drapeau sinistre du malheur;

Je frémis quand je vois ces visages si mâles,
Que Dieu créa nobles et beaux,
Flétris par la douleur, plus jaunes et plus pâles
Que des spectres en leurs tombeaux!

II.

Certes, je ne suis pas, des gloires nationales,
Un injuste et sot contempteur;
Mais quand je vous entends, dans vos phrases banales,
Prétendre que l'unique auteur
De la prospérité qui de notre patrie
Fait la première nation
De l'univers entier, c'est votre monarchie,
Ah! je sens l'indignation
Qui fait bondir mon cœur! A ce mensonge impie
Dont la tribune a retenti,
Malgré tous mes efforts, ma voix s'élève et crie :
C'est faux; vous en avez menti!

Vos rois? Mais qu'ont-ils fait de toute leur puissance?
    Suivons-les depuis trois cents ans;
Voyons ce qu'ils ont fait pour l'honneur de la France
    Et le bonheur de ses enfants.
Combien ont possédé cette onction divine,
    Gage d'une haute raison?
Est-ce le triste époux de cette Florentine
    Qui fit du meurtre et du poison
L'instrument de sa lâche et noire politique?
    Est-ce l'inepte François deux?
L'infâme Charles neuf, ce bigot frénétique
    Dont le souvenir odieux,
Comme un lourd cauchemar, s'en ira d'âge en âge
    Dire que ce prince inhumain
Pour tirer sur son peuple, en un jour de carnage,
    Arma son homicide main?
Serait-ce Henri trois, dont l'ignoble luxure,
    S'entourant de vils complaisants,
Laissa la France en proie à la triste morsure
    D'ambitieux et d'intrigants?

Serait-ce Henri quatre, un roi tout populaire,
Qui, pour régner, troqua sa foi?
On pourrait discuter, mais je n'en veux rien faire;
Je vous l'accorde, il fut bon roi.
Serait-ce Louis treize, un monarque imbécile,
Dont le règne dut son éclat
Au génie éminent d'un politique habile
Qui prit les rênes de l'État?
Serait-ce ce Louis, Louis le Magnanime,
Louis le Grand, le Glorieux,
Dont l'orgueil comparait son front au front sublime
De cet autre roi qui des cieux
Prodigue à l'univers la vie et la lumière?
Allez, laissez-vous éblouir
Par le faste pompeux de cette cour altière
Qui ne vivait que pour jouir!
Que m'importe qu'on rie et danse dans Versailles,
Quand le peuple manque de pain,
Quand le peuple se sent déchirer les entrailles
Par la misère et par la faim!

Que me font son éclat, ses pompes souveraines,
    Ses maîtresses et ses palais,
Lorsque, de l'Atlantique aux gorges des Cévennes,
    Il fait massacrer des Français?
Serait-ce Louis quinze, à qui les concubines
    Ont su faire oublier *son rang;*
Qui peupla son palais d'ignobles Messalines,
    Prince corrompu jusqu'au sang?
Sur le front de ces rois, fétiches adorables,
    De Dieu montrez-moi l'onction,
Car, de leurs passions esclaves misérables,
    Je n'y vois que corruption!

III.

Oui, le peuple français est un peuple héroïque,
    Un peuple comme il en fut peu,
A forte intelligence, à vigueur athlétique,
    Dont les veines roulent du feu;

Oui, c'est un peuple à mâle et robuste poitrine,
Au bras de fer, au front d'airain,
Qui, guidé par son cœur, fermement s'achemine
Vers le progrès du genre humain;
Tous les peuples du monde acclament sa puissance,
Car il est magnanime et fort,
Et sa gloire s'étend, comme un rayon immense,
Du pôle sud au pôle nord!
Mais il faut être en proie à quelque lourd vertige,
A quelque songe bien menteur,
Pour oser affirmer que ce brillant prestige
Et cette magique splendeur,
Auréole de feu dont l'éclat environne
La France et son front radieux,
Sont l'œuvre des efforts de vos porte-couronne
Et de leurs règnes glorieux?
La grandeur de la France? ah! c'est l'œuvre immortelle
De ce peuple de travailleurs,
Athlète infatigable, ardent et plein de zèle,
Qui brave fatigues, douleurs;

Qui, né dans la poussière, intelligent s'élève
Jusqu'aux plus sublimes hauteurs,
Et distribue au peuple une abondante sève
Qui rend fécondes ses sueurs!
La gloire de la France est l'œuvre du génie
De ces hommes qui, bien des fois,
Ont lutté corps à corps contre la tyrannie
Des plus superbes de vos rois!

IV.

Des tyrans ont bien pu jadis charger d'entraves
Des hommes grossiers et sans lois,
Et dire à tout un peuple : Obéissez, esclaves!
Au nom de Dieu, nous sommes rois!
Nos ancêtres ont pu, grâces à l'ignorance,
Fléau qui les paralysait,
De ces usurpateurs accepter la puissance
Et le joug qu'on leur imposait;

Ils ont pu supporter cette pesante chaîne
Pendant huit siècles tout entiers;
Mais est-ce à dire enfin que cela nous enchaîne,
Nous, leurs fils et leurs héritiers?
Par quel renversement des lois les plus vulgaires,
Par quel principe vicieux,
Prétend-on aujourd'hui nous rendre solidaires
De ce que firent nos aïeux?
De quel droit venez-vous? au nom de quel principe?
Est-ce au nom de l'autorité?
La France n'en veut plus, la France s'émancipe,
La France veut sa liberté.
La France est assez grande, assez forte, assez belle,
Pour se passer de votre soin;
La France vous sait gré, mais de votre tutelle,
Allez, elle n'a plus besoin.
Promettez, promettez de sublimes merveilles;
Nous connaissons ces vains appâts,
Promesses sans effet qui charment nos oreilles;
Mais la République n'est pas

Un cerbère affamé que séduise et corrompe
Un gâteau trempé dans le miel;
Et puis, cette douceur qui nous charme et nous trompe,
A tant de fois caché du fiel!
Pour votre honneur, cessez de mendier ce trône
Par le flot du peuple emporté,
Du ton qu'un souffreteux implorerait l'aumône
Et la publique charité.
Cessez, car votre rêve, hélas! est fantastique;
Vainement vous l'aurez tenté :
Vous ne passerez point sur notre république
Pour saisir votre royauté!

V.

On prétend que la France est une grande dame,
Aimant la soie et le velours,
Célimène aux yeux bleus et qui vendrait son âme
Pour de riches et beaux atours;

On prétend qu'il lui faut de brillantes toilettes,
Des parfums aux douces odeurs,
Qu'elle aime les plaisirs, les concerts et les fêtes,
Diamants et bouquets de fleurs!
Aveugles qui venez nous parler de la sorte,
Aveugles qui ne voyez pas
Que sous la blanche robe en satin qu'elle porte,
La coquette n'a point de bas;
Que sous ces faux brillants, ces fleurs et ces parures,
Ces dentelles, ces oripeaux,
Percée en vingt endroits de larges déchirures,
Sa chemise pend en lambeaux!
Non, la France n'est pas une fade coquette
Qui se pommade les sourcils;
Pour fixer les regards, sa noble et belle tête
N'a point besoin de tels soucis;
C'est une bonne mère à poitrine féconde,
Qui n'a ni spasmes ni vapeurs,
Qui chérit les enfants que son flanc mit au monde,
Accoutumée aux forts labeurs;

C'est une femme au bras solide et plein de sève,
A main robuste, au corps nerveux,
A qui rien ne résiste alors que sa voix brève
A dit à ses enfants : Je veux !
La France est une femme au mâle et fier courage,
Qui ne connaît point le danger,
Qui brave la fatigue, et qui, lorsqu'on l'outrage,
Sait se défendre et se venger !

LE PROGRÈS.

A M. THIERS.

Quand la France aura jugé dans son bon sens que les lois fondamentales ont été violées, elle pourra refuser l'impôt.

(Thiers, 1830.)

Pourquoi cet embarras, Muse, cette contrainte?
Vous semblez hésiter! Allons, parlez sans crainte,
Armez-vous, pour combattre au nom de liberté
L'homme dont la *parole* et dont l'autorité
Ont fait naître en nos cœurs, avec l'indépendance,
La haine des tyrans et l'amour de la France!

Cet homme?... n'a-t-il pas renié son passé?
N'a-t-il pas adoré ce qu'il avait brisé?
N'a-t-il pas relevé ces iniques idoles
Qu'il flétrissait jadis par de nobles paroles?
Lorsque, par son talent, on a su parvenir
A se créer soi-même un illustre avenir,
Lorsqu'on a, d'une main conduite par la gloire,
Inscrit un noble nom au temple de mémoire,
Il faut être saisi d'un vertige soudain
Pour l'effacer soi-même et de sa propre main.
Ce spectacle, pourtant, chaque jour nous le donne,
Et vous l'avez donné, monsieur, plus que personne.
Sorti des rangs du peuple, en combattant pour lui,
Appuyé sur son bras, vous êtes aujourd'hui,
Grâce à votre talent, à sa reconnaissance,
Un homme de crédit, d'honneur et de puissance.
Eh bien! que faites-vous? Quand satisfaction
Est donnée en tous points à votre ambition,
Oublieux des leçons qu'inflige la misère,
De vos anciens amis vous êtes l'adversaire,

Et, du camp libéral transfuge satisfait,
Vous voulez démolir ce que vous avez fait!
N'eût-il pas mieux valu, fidèle à votre rôle,
Fidèle à votre esprit, vous faire le symbole,
L'apôtre du progrès et de son mouvement,
Et, pour le diriger, vous placer hardiment
A la tête de ceux qui le veulent défendre?
Non! la France de vous n'a plus rien à prétendre!
Vous niez le progrès, et votre faible main
Veut entraver son cours. Mais, le progrès humain,
C'est un torrent rapide, à la course éternelle,
Et que ne peut dompter aucune main mortelle;
C'est un char dont la marche et la rapidité
Ne doivent s'arrêter qu'avec l'humanité!
Obéir au progrès, ce n'est point être lâche;
Combien de l'arrêter ont entrepris la tâche?
Combien ont réussi? Ne vous souvient-il plus
Que de puissants efforts ont été superflus?
Ces faits sont-ils déjà loin de votre mémoire,
Que vous avez vous-même écrits en notre histoire?

Trois rois, un empereur, monarques tout-puissants
Vaincus dans cette lutte en moins de cinquante ans,
Sont-ce là des leçons faciles à comprendre?
Et vous voulez lutter! vous voulez entreprendre
Leur œuvre inachevée! Ah! la présomption
Vous égare et fera votre confusion!

Ce qui vous paraissait autrefois légitime,
Votre cœur le réprouve aujourd'hui comme un crime,
Et vous avez raison; car l'insurrection,
Même eût-elle pour but votre élévation,
Est un crime à nos yeux, et, du fond de notre ame,
Tous, nous la flétrissons d'un énergique blâme.
Mais pour la condamner et si haut et si fort,
Dites, n'avez-vous point vous-même quelque tort,
Et votre esprit est-il exempt de tout reproche?
Ne vous souvient-il plus de ce temps, assez proche,
Où, briguant les honneurs, avide de pouvoir,
Vous érigiez l'émeute au niveau d'un devoir?
Allez, pour se montrer sévère, impitoyable,
Il faudrait que soi-même on ne fût point coupable!!

Que les temps sont changés! Alors, si quelquefois
Le pouvoir présentait quelques iniques lois,
Vous étiez sur la brèche, et, par votre éloquence,
Vous protestiez au nom du peuple et de la France.
L'ORDRE, ce mot abstrait qui vous sert aujourd'hui,
Pour vos haineuses lois, de prétexte et d'appui,
L'*ordre* alors était donc pour vous une chimère?
Ah! de grâce, cessez cette ironie amère!
C'est vous jouer du peuple et de sa dignité,
Ce peuple, chez lequel vous avez excité
Des élans généreux, des passions brûlantes,
Que l'on voit se traduire en colères ardentes.
L'*ordre*, vous en faisiez alors bien peu de cas,
Vous ne craigniez pas tant l'émeute et son fracas,
Quand, l'esprit animé d'une ardeur généreuse,
Tenant entre vos mains une arme dangereuse,
Appuyé sur le peuple et soutenant ses droits,
Vous avez en vingt ans fait renverser deux rois!!!

Que si dans cet instant on fût venu vous dire:
Pourquoi voulez-vous donc que ce peuple conspire?

Répondant en son nom, vous eussiez dit pour lui
Ce que de toutes parts on vous crie aujourd'hui :
« —Quoi! vous nous demandez quels griefs sont les nôtres,
« Pourquoi nous nous levons les uns contre les autres,
« Pourquoi nous nous armons au nom de Liberté
« Malgré les saintes lois de la Fraternité?
« Nous vous faisons horreur, dites-vous, et votre âme
« S'épouvante et s'émeut devant cet acte infâme!
« Vous ne savez donc pas que nos femmes ont faim?
« Vous ne savez donc pas que nous sommes sans pain,
« Sans espoir, sans travaux, et que, dans nos mansardes.
« Le corps demi-couvert de misérables hardes,
« Sous les rigueurs du froid grelottent nos enfants?
« Vous ne savez donc pas que depuis soixante ans
« Nous, qui sommes aussi les enfants de la France,
« Nous réclamons en vain contre cette souffrance?
« Vous ne savez donc pas que, sans cesse joués,
« Jusqu'en notre malheur nous sommes bafoués?
« Il vous est bien facile, à vous dont l'existence
« S'écoule dans le luxe ou du moins dans l'aisance,

« Il vous est bien facile, à vous de condamner!
« Si vous sentiez nos maux, vous sauriez pardonner!
« Osez mettre le doigt sur cette plaie affreuse,
« Contemplez de sang-froid la misère hideuse
« Qui s'attache à nos flancs, nous ronge avec fureur,
« Nous, Français, qu'aujourd'hui, sans honte ni pudeur,
« D'insolents parvenus, dans leur ingratitude,
« Nomment effrontément la VILE MULTITUDE!
« Vous comprendrez alors pourquoi les passions
« Ont un écho chez nous; pourquoi les factions
« Enveloppent nos cœurs de leur puissante étreinte.
« Certes, nous gémissons de l'horrible contrainte
« Où nous sommes réduits de lever notre main
« Dans une guerre impie, un combat inhumain;
« Mais la misère est là, qui nous pousse et nous presse,
« Et la raison se tait quand parle la détresse!!
« Ah! nous ne sommes pas méchants, et notre cœur,
« Français, loyal et bon, flétrit avec horreur,
« Contre notre pays, la triste tentative
« Qui paralyse en lui sa force la plus vive.

« Tout le mystère est là de notre impiété. »

. . . .

Voilà, dans cet instant, voilà quelle eût été
Votre réponse ferme et loyale, et la France
Vous en eût applaudi dans sa reconnaissance.
Que vous êtes changé depuis ces fameux jours!
Si le progrès, hélas! retardé dans son cours,
Ne s'est guère avancé, vous avez marché vite,
Vous autres, gens de cour et surtout de... mérite!
Mais soyez assuré qu'il vous rattrapera
Et que peut-être même il vous écrasera.
Ah! vous le savez bien: voilà pourquoi, sans doute,
Vous essayez sans cesse à lui fermer la route!
Pauvres gens qui croyez, sublimes entêtés!
Qu'il suffit d'être tout cousu de dignités,
Tout bourré des grandeurs qu'un monarque prodigue
Pour pouvoir au progrès imposer une digue!
Eh quoi! parce qu'au fond du cœur vous vous sentez
Quelque ombre de talent, follement vous tentez

D'arrêter ce colosse, atomes que vous êtes?
Regardez ce soleil qui roule sur vos têtes,
Regardez à vos pieds la terre qui se meut,
Regardez, regardez, et faites, s'il se peut,
Faites qu'à votre voix tout s'arrête immobile.
Modernes Josué, commandez ! inutile,
Rien ne vous obéit!... A la voûte des cieux
Le soleil chaque jour renaît plus radieux,
La terre, sous vos pieds, à tourner continue,
Et par-dessus vos fronts gronde toujours la nue!
Tenez, je veux bien être indulgent pour finir;
Je ne veux déjà plus en rien me souvenir
Du temps où vous étiez, hélas! vous et les vôtres,
De notre liberté les plus fervents apôtres.
Je vous crois, du pays par l'amour embrasés,
Exempts d'ambition, purs, désintéressés;
Votre grand dévoûment, je le crois vrai, sincère;
Comme vous je flétris par un blâme sévère
L'émeute sacrilége et son impiété.
Mais, voyons, défenseurs de la société,

Qui tenez en vos mains le pouvoir qui réprime,
Avez-vous, répondez, pour prévenir ce crime,
Employé les moyens mis en votre pouvoir?
Vaincre l'émeute est... bien, mais il est un devoir
Plus grand et plus sacré. Si votre cœur l'oublie,
Malheur! malheur encor! L'obstacle qui nous lie
Subsistera toujours et ne sera franchi
Que ce jour seulement où le peuple, affranchi
Par vos soins de ses maux et de l'horrible entrave
Qui de ses passions le rend docile esclave,
En recouvrant sa force avec sa dignité
Pourra comprendre enfin ce mot de liberté!!
Que ne prenez-vous donc cette tâche? Elle est belle!
Si vous l'accomplissez, une gloire immortelle
Vous récompensera. Le pays harassé
A l'œuvre vous attend; le mal est terrassé,
Mais il n'est point vaincu, tant que la cause existe;
Si l'arbre est arraché, la racine subsiste!!!

LA RELIGION.

A M. DE MONTALEMBERT.

Pour maintenir dans un pays catholique une constitution chrétienne, il faut une institution coercitive, une inquisition; pas le nom, SI VOUS VOULEZ, mais la CHOSE!

(*L'Univers religieux,* juin 1850.)

J'admire, en vérité, par quelle force d'âme
Un homme peut venir, dans ce siècle de flamme,
Nous prêcher de sang-froid l'ignorance et l'erreur!
J'admire qu'un affreux et noir petit rhéteur
Ose, tout en frappant sa dévote poitrine,
Du parti clérical exalter la doctrine,

De la société se faire confesseur
Sous le prétexte faux d'être son défenseur,
Et proposer pour digue au torrent populaire
Qui va tout envahir, hélas!... un scapulaire!
Remède merveilleux, antidote certain,
Qui doit sans coup férir sauver le genre humain.
Il faut être doué d'un bien rare courage
Pour oser aujourd'hui parler un tel langage.
Je veux donc tout d'abord célébrer hautement
Un tel zèle servi par un tel dévoûment.
D'une conviction sincère, inébranlable,
On comprendrait encor une thèse semblable;
Mais sous ce voile épais de la conviction,
Qui ne voit clairement orgueil, ambition?
Depuis quatre cents ans la conscience humaine,
S'affranchissant enfin, a secoué la chaîne
Qu'on avait imposée à ses progrès constants;
Elle a brisé ce cercle où, depuis trop longtemps,
On retenait captifs ces trésors innombrables,
Gloire de l'univers, ces chefs-d'œuvre admirables

Et de conception et d'immense savoir
Qui de la race humaine ont doublé le pouvoir.
Quel fut donc votre rôle en ce travail sublime?
Il faut le dire, hélas! ce rôle fut un crime!
Apôtres insensés, contre l'humanité
Voulant lutter au nom de la Divinité,
Votre rôle est un crime, une folie extrême,
Un crime aux yeux du monde, aux yeux de Dieu lui-même;
Dieu, que vous offensez en osant vous servir
De son auguste nom pour tuer, asservir
Sous votre orgueil jaloux l'intelligence humaine,
Travail le plus parfait de sa main souveraine!!

Quoi! c'est au nom de Dieu, de sa religion,
Que vous venez, poussés par votre ambition,
Prêcher l'abaissement de notre intelligence,
Cherchant à refouler, dans leur triste ignorance,
Notre esprit que grandit un effort tout-puissant,
Et notre âme qu'élève un travail incessant!

N'est-ce point offenser la sagesse éternelle,
Les desseins du Seigneur, sa bonté paternelle,

Que d'oser ici-bas se faire destructeurs,
Sous le prétexte faux d'être modérateurs,
Des magnifiques dons qu'en sa grâce infinie
Dieu met au cœur de l'homme en lui donnant la vie?
Votre audace fera votre confusion;
De quel droit venez-vous? et quelle mission
Prétendez-vous remplir? Avez-vous le contrôle
Des œuvres du Seigneur ou bien de sa parole?
Pour asseoir votre empire, est-ce que votre main
Prétendrait étouffer encor l'esprit humain,
En vous disant aidés par le pouvoir céleste
Dans ce dessein coupable, odieux et funeste?
Ah! c'est trop outrager Dieu dans sa majesté;
C'est nuire à sa grandeur, nuire à sa dignité!!!
 Dieu, c'est l'être infini qui créa notre monde,
C'est l'être dont le bras vivifie et féconde,
Qui tira du néant la terre et le soleil,
Qui peut tout replonger dans l'éternel sommeil;
C'est l'être qui créa notre âme à son image,
Auquel nous devons tous un immortel hommage.

Dieu, c'est l'être qui fait, lorsque vient le printemps.
Reverdir les forêts et refleurir les champs;
C'est l'être dont la main gouverne la nature,
Et qui donne la vie à toute créature;
C'est la source du bien, la suprême bonté;
C'est la justice même et c'est la charité..

Voilà, voilà le Dieu que notre cœur adore,
Le Dieu qui fit le monde et que le monde honore;
Il ne ressemble en rien au Dieu prêché par vous,
Dieu qu'on ne comprend pas, fantastique et jaloux,
Jaloux de son pouvoir, jaloux de la nature,
Jaloux de son ouvrage et de sa... créature!
Allez, vous l'abaissez, ou, maladroits amis,
Vous êtes ici-bas ses plus grands ennemis.

Ah! nous vous connaissons! Sous ce masque perfide,
Chacun peut démêler votre égoïsme avide;
Mais ce voile qu'on vit abriter votre orgueil
Doit être, songez-y, votre voile de deuil!!
Oui, nous vous connaissons; la France d'un autre âge
De vos infâmes lois a fait l'apprentissage,

Et l'empreinte longtemps restera sur son cœur
De votre foi cruelle et de votre rigueur !!
Que voulez-vous encor? Votre haine implacable
Attachée à ses pas et l'obsède et l'accable.
De Loyola LE SAINT fervents admirateurs,
Vous voulez être aussi ses continuateurs;
De l'inquisition prosélytes fidèles,
Pour inculquer la foi dans les âmes rebelles,
Rien ne peut répugner à votre sainte ardeur.
Vous devriez avoir au moins plus de pudeur,
Car nous vous connaissons! Votre histoire est écrite;
Elle est signée au bas du nom de Jésuite;
Jésuite, ce mot qui veut dire à la fois
Implacable ennemi des peuples et des rois,
Ennemi du progrès et de l'intelligence,
De tout ce qui raisonne et de tout ce qui pense;
Ce mot qui signifie orgueil, ambition,
Abaissement moral et domination;
Ce mot, nom réprouvé d'une puissance occulte,
Synonyme aujourd'hui d'une cruelle insulte.

Votre religion! non, nous n'en voulons pas!
Votre religion! c'est la honte ici-bas!
Votre religion! mais c'est l'intolérance,
Cause de la froideur et de l'indifférence.
On vous a vus jadis, à l'ombre d'un saint nom,
Gage de charité, symbole de pardon,
Dans un zèle odieux, lâchement hypocrite,
Fausser les livres saints et la doctrine écrite;
On vous a vus soumettre à vos infâmes lois
Les peuples ignorants et leurs stupides rois;
On vous a vus lancer, incroyable blasphème!
Contre l'esprit humain un profane anathème,
Et, dressant vos bûchers à la face du ciel
Jusque sur les degrés du trône et de l'autel,
Brûler, dans une lâche et barbare démence,
En invoquant un Dieu d'amour et de clémence,
Des milliers d'innocents qu'une horrible fureur
Torturait pour un mot, pour une vaine erreur!
Enfin on vous a vus, pour comble de l'outrage,
Afin de mieux sans doute assouvir votre rage,

Fouiller et profaner, comme ces noirs oiseaux
Que rassemble la nuit à l'entour des tombeaux,
La demeure funèbre et le champ mortuaire,
Et, pour juger les morts, entr'ouvrir leur suaire!!!

N'est-ce donc point assez que, pendant trois cents ans,
Aient duré ces excès odieux, repoussants,
Et que cette sanglante et sombre comédie
Ait couvert de bûchers l'Espagne et l'Italie ?
Que voulez-vous encor, Tartufes éternels?
Nous ramener au temps de ces prêtres cruels
Qui, la torture aidant à leur voix malhabile,
Par la main du bourreau nous prêchaient l'Évangile?...
Arrière! entendez-vous? L'orgueil, c'est votre foi.
Arrière! on ne veut plus de votre inique loi;
Cette loi qui commande erreur et fanatisme,
Qui prêche l'ignorance unie au servilisme;
Cette lugubre loi de désolation
Qui n'a point un seul mot de consolation
Qui rende plus léger le poids de leur misère
A tant d'infortunés qui souffrent sur la terre!

Telle n'est point, à nous, notre foi dans le ciel;
L'existence n'est pas un vase plein de fiel.
A l'homme malheureux, courbé sous la souffrance,
En lui montrant les cieux nous disons : Espérance!
L'Évangile est pour nous le dogme souverain
Qu'un Dieu voulut tracer de sa divine main.
Notre religion, c'est celle qui console,
C'est celle dont le Christ est l'éclatant symbole;
Notre religion, c'est le prêtre implorant
La grâce du Seigneur au chevet du mourant;
Notre religion, c'est la pieuse fille
Qui renonce au plaisir, au monde, à sa famille,
Et qui, vouant sa vie au culte du malheur,
Va soigner les blessés et calmer leur douleur;
Notre religion encourage et pardonne;
Elle est juste pour tous et ne flatte personne;
Elle prêche l'amour et la fraternité;
Sa devise est : Travail, justice et charité;
Notre religion dit : Pardon des injures,
Et la vôtre répond : Supplices et tortures!

Si nous vous repoussons, n'en soyez point surpris,
Car à vous redouter vous nous avez appris.
« Point de transaction : ou le socialisme, »
Avez-vous dit hier, « ou le jésuitisme. »
Eh bien ! nous acceptons ainsi la question;
Comme vous nous disons : Point de transaction ;
Pour arbitre prenons le bon sens populaire ;
Il jugera sans honte et surtout sans colère.
Mais vous, laissez-le libre en son discernement;
Jurez de vous courber devant le jugement
Qu'il aura prononcé dans son intelligence.
Ah ! vous ne l'osez pas, craignant que sa sentence
Ne vous imprime au front, dans sa sévérité,
Le titre « d'exploiteurs de la Divinité ! ! ! »

LE DROIT DIVIN.

A L'EMPEREUR DE RUSSIE.

Que font ces nains si bien parés
Sur leurs trônes à clous dorés?
Le front huilé, l'humeur altière,
Ces chefs de votre fourmilière
Disent que j'ai béni leurs droits,
Et que par ma grâce ils sont rois!
Si c'est par moi qu'ils règnent de la sorte,
Je veux, mes enfants, que le diable m'emporte!

(BÉRANGER.)

I.

Je vous parle de haut, seigneur, et ma mansarde,
Bien qu'elle ne soit point de trente corps de garde
Strictement entourée, et bien que chaque jour
On n'y rencontre point, comme en votre séjour,

D'admirateurs soldés une troupe servile,
Et de plats courtisans à l'âme basse et vile,
Exaltant à prix d'or et dans un zèle faux
Mes moindres actions et jusqu'à mes défauts ;
La mansarde, seigneur, dont l'humble toit m'abrite
Vaut bien votre palais, et celui qui l'habite
Croit y valoir autant que ces grands potentats
Dont le bras à son gré tourmente les États!

Mais je vois que déjà mon audace vous blesse ;
A vous, accoutumé de n'entendre sans cesse
Qu'éloges empressés, propos adulateurs,
De voir ramper valets, courtisans et flatteurs ;
A vous, maître absolu d'un formidable empire,
Dont on mendie un mot, un regard, un sourire ;
A vous, de qui la main, plongeant dans l'univers,
S'en va dicter des lois à ces peuples divers,
A ces viles tribus errant sous les trois zones,
De l'antique pays des fières Amazones,
Du pied du mont Caucase au rivage glacé
D'un océan sans borne où le ciel a placé

Les limites du monde ; à ces hordes barbares
Qu'on appelle Kalmoucks, Cosaques ou Tartares,
Brutes à forme humaine et qui, dans le désert,
Des flancs de l'Imaüs aux rives de l'Ister,
Dans ces steppes sans fin, dans cette plaine immense,
Traînent péniblement leur pénible existence ;
A vous, enfin, à vous de qui le bras puissant
Fait trembler sous un geste un peuple obéissant
Et surcharge à son gré de chaînes et d'entraves
Cinquante-deux millions et de serfs et d'esclaves !
Il vous semble inouï, sans peine je le vois,
Que, vous bravant en face, une si faible voix,
Une voix inconnue et cependant altière
Sorte pour vous juger du fond de la poussière ;
Qu'un mortel ose ainsi vous traiter en égal
Et vous traîner, seigneur, devant son tribunal !
Ah ! de compassion l'âme tout animée :
Pygmée ! allez-vous dire. Eh bien ! soit ; oui, pygmée,
Je ne suis qu'un pygmée ; et vous, seigneur, et vous,
Qu'êtes-vous donc ici ? qu'êtes-vous plus que nous ?

Parce que le hasard d'une illustre naissance
Sur tant de nations vous donna la puissance,
Parce que le hasard vous a fait empereur,
Ne prétendez-vous pas être adoré, seigneur,
Et, monarque absolu, régner sans nul contrôle
Ou de vos actions ou de votre parole?

De qui tenez-vous donc l'infaillibilité,
La base, selon vous, de votre autorité?
De Dieu, qui vous donna la sagesse en partage?
De Dieu? Montrez-nous donc, seigneur, à quelle page
Dans le livre éternel, on trouve écrit ce don?
Le voici devant vous, ce livre; qu'y lit-on?
NICOLAS!... et c'est tout. Hélas! comme un brin d'herbe
Perdu dans la prairie, on voit ce nom superbe
Écrit entre deux noms de serf et de fermier,
Et mille noms obscurs!... Quoi! Nicolas premier,
Cet auguste empereur, ce monarque infaillible,
Est inscrit comme nous sur ce livre terrible,
Obscurément, sans nom, sans titre ou qualité?
Des stupides humains sottise et vanité!!!

Ah ! songez-y pourtant dans le fond de votre âme :
Vous êtes comme moi né du sein d'une femme,
Pétri d'os et de chair, et mortel comme moi ;
Vous n'échapperez point à l'inflexible loi
Qui nous condamne tous, puissants ou misérables,
A subir du trépas les coups inexorables !
Misérable ou puissant, comme moi vous mourrez.
Plus que moi savez-vous où vous reposerez ?
Étendez votre bras ; l'espace qu'il mesure
Est ce qu'à votre corps le sort avare assure ;
C'est ce que vous aurez, rien de plus, rien de moins.
A vous rendre puissant mettez donc tous vos soins ;
Soumettez à vos lois l'un et l'autre hémisphère,
Et vous irez pourrir entre six pieds de terre !
La vérité, seigneur, est difficile à dire,
Surtout quand on s'adresse au chef d'un vaste empire
Qui dans un faux orgueil s'enveloppe et s'endort.
Mais il est, à mon sens, plus difficile encor
De savoir l'écouter d'un esprit calme et digne...
Mais voici qu'au moment où j'écris cette ligne

Sous ma fenêtre passe un funèbre convoi.
Qu'est-ce donc? Un mortel inconnu comme moi,
Qui, sans laisser de trace, abandonne la terre,
Et dont le corps tantôt ne sera que poussière.
Où va-t-il? Ah! sans doute où vous irez un jour,
Rendre aux pieds du Très-Haut, dans l'éternel séjour,
Un compte scrupuleux, fidèle, heure par heure,
Du temps qu'il habita la terrestre demeure!
Y pensez-vous, seigneur? Quand votre tour viendra,
Quand à son tribunal Dieu vous appellera,
Que lui répondrez-vous? La Pologne égorgée
Avec tant de fureur et de chaînes chargée;
Sa dépouille tirée au sort, comme autrefois
Celle du Dieu Sauveur, du fils du roi des rois!
La Pologne viendra d'une main vengeresse
Présenter à vos yeux sa pénible détresse,
Et, demandant ses fils par vos mains torturés,
Chassés de leur patrie, au désespoir livrés,
Exilés sans pitié, forcés par la misère
De mendier leur pain sur la terre étrangère;

La Pologne viendra d'un bras meurtri, sanglant,
Présenter à vos yeux le glaive étincelant
D'une sûre vengeance en sa juste colère
Et vous dire : Caïn, qu'as-tu fait de ton frère?
Que lui répondrez-vous? Que la nécessité
Vous a forcé, sans doute, à cette cruauté?
Quelle nécessité barbare, inexorable,
Peut contraindre à verser le sang de son semblable?
Dites, dites plutôt que c'est l'ambition,
Dites que c'est la soif de domination,
Cette hideuse plaie, immorale gangrène
Qui, rongeant votre cœur, à sa perte l'entraîne!
Vous pâlissez, seigneur! pourtant ce n'est pas tout!
Ah! reprenez courage, écoutez jusqu'au bout!
Et cette nation par votre aide étranglée?...
Cette fière Hongrie aujourd'hui mutilée?...
Ces cadavres sanglants aux gibets suspendus?...
C'en est trop, je le vois, et vos sens éperdus
Frissonnent de terreur à cette horrible vue!!!
Je voile ce tableau : mon âme est trop émue!...

II.

C'est trop longtemps déjà du terrible avenir
Qui vous est réservé, seigneur, m'entretenir !
Revenons au présent et raisonnons ensemble
De votre autorité. Voyons, que vous en semble ?
Eh ! que voulez-vous donc, moucheron impuissant ?
Allez-vous dire encor. Écoutez un instant :
Voici ce que je veux, et, plus laborieuse
Est ma tâche, à mes yeux, plus elle est glorieuse.
Voici ce que je veux : c'est miner hardiment
Votre immense pouvoir jusqu'en son fondement;
Je veux vous dépouiller de l'insolent prestige
Qui vous donne à vous-même un coupable vertige,
Et que vous prétendez tenir de vos aïeux !
Je veux vous montrer nu, même à vos propres yeux!
Je veux, moi moucheron, vous faire une piqûre
Dont vous vous sentirez longtemps, je vous le jure!

A commander en maître aux peuples, même aux rois,
Quels sont enfin, quels sont vos titres et vos droits?
Avez-vous, répondez, un de ces grands génies
Où l'on voit les vertus à la bravoure unies?
De César avez-vous la prudente vigueur?
Du bouillant Alexandre avez-vous la valeur,
Ou de Napoléon l'âme et le caractère?
Vous êtes fils de Paul, Paul était fils de Pierre;
Pierre fut un grand homme, un prince ami du bien,
Prince de son pays l'honneur et le soutien!
Quoi! c'est là votre titre et toute votre gloire?
En vérité, seigneur, il me vient en mémoire
Cette fable d'un geai sottement affublé
D'un plumage d'emprunt et peut-être volé.
N'était-il donc plus geai sous sa noble parure,
Et devint-il meilleur en changeant de figure?

Vous nous dites bien haut qu'aux mains de vos aïeux,
Pour vous être transmis par le maître des cieux,
Fut remis le pouvoir, l'autorité suprême;
Je ne puis plus longtemps souffrir un tel blasphème.

Que faisaient ces aïeux dans le temps des césars?
Scythes obscurs, alors, misérables, sans arts,
Ils végétaient peut-être, attachés à la glèbe,
Ignorants et grossiers, au milieu d'une plèbe
Ignorante comme eux, ou gémissaient soumis
Au joug d'obscurs tyrans, de cruels ennemis;
Tandis que mes aïeux, peut-être, sur un trône,
Avec un vif éclat portaient une couronne.
Sur leurs fronts inconnus, sans lustre, sans grandeur,
Où donc était alors ce cachet de splendeur,
Ce signe des destins de leur race future?
Allez, vous voyez bien que c'est une imposture!

Le Seigneur nous a faits ici-bas tous égaux,
Soumis aux mêmes lois, soumis aux mêmes maux;
A nul homme il n'a dit : « Va, sois plus que ton frère,
« Va, commande aux humains! » Il a dit au contraire :
« S'il t'échoit quelque esprit ou quelque autorité,
« Quelque ombre de talent ou quelque qualité,
« N'en sois point orgueilleux ni fier; toute science,
« Tout germe de talent et toute intelligence,

« Emanés de mon sein, retourneront à moi !
« Surtout, ne t'en sers point pour soumettre à ta loi
« Les peuples de la terre, et commander en maître
« A ces faibles humains qui ne doivent connaître
« D'autre roi que leur Dieu, d'autre joug que le mien !
« Mais sers-t'en pour guider vers le juste et le bien
« Leurs pas mal assurés, pour combattre le vice
« Et semer en leur cœur l'amour de la justice,
« Leur apprendre à s'aimer et non à se haïr,
« Leur dire à quelles lois ils doivent obéir,
« Et, réformant leurs mœurs, en leur cœur faire naître
« Cet amour du travail, qui, source du bien-être,
« Engendre la richesse et la prospérité,
« Et rend les nations dignes de liberté ! »
  Allez, vous n'avez pas su comprendre le rôle
Que vous avait tracé la divine parole ;
Ce rôle qui vous eût bientôt fait conquérir
L'amour de vos sujets, ardents à vous chérir
Comme à vous admirer ; ce rôle magnanime
Qui vous eût attiré le respect et l'estime,

Et ce touchant concert de bénédictions,
Récompense ici-bas des nobles actions!
Indigne de ce rôle, esprit faible et vulgaire,
Vous avez préféré vous traîner dans l'ornière,
Dans ce bourbier impur où tant de rois salis,
Malgré de vains efforts, se sont ensevelis!!!

Ah! pour justifier cette puissance insigne,
Il n'est qu'un seul moyen, c'est de s'en montrer digne;
Et lorsqu'on se prétend l'élu du Créateur,
Il faut, si l'on ne veut passer pour imposteur,
Il faut être meilleur que le commun des hommes,
Il faut être meilleur qu'ici-bas nous ne sommes;
Ou par de justes lois daigner nous faire voir
Que vous tenez du ciel votre immense pouvoir.
Faites pour vos sujets luire cette lumière,
Dont l'éclat envahit la terre tout entière,
Qui, fruit des bonnes mœurs et de l'instruction,
Se nomme en résultat : Civilisation;
Dites-leur ce qu'ils sont et ce qu'ils doivent être;
Cultivez leur esprit pour qu'ils puissent connaître

Leurs devoirs et leurs droits, les nobles facultés
Dont, comme nous enfin, le ciel les a dotés.
Faites, et devant vous à l'instant je m'incline ;
Que vous teniez ou non de céleste origine
Le pouvoir dont sur terre on vous voit revêtu,
Je proclame bien haut que, par votre vertu,
Vos nobles qualités, votre sagesse extrême,
Vous méritez, seigneur, la puissance suprême.
Insensé! mais que dis-je? Eh ! ne sait-on pas bien
Que le bonheur du peuple, hélas, pour vous n'est rien;
Que votre seul désir, que votre but unique
C'est d'accroître toujours votre puissance inique;
Que si vous hésitez encore à réformer
Votre empire et ses lois, c'est pour mieux l'opprimer?
Eh! ne sait-on pas bien que vous voulez vous faire
De la triste ignorance un trop digne auxiliaire,
Pour pouvoir de vos serfs exploiter les sueurs
Et de vos volontés les faire exécuteurs ;
Que de l'instruction la lumière trop vive
Se tournant contre vous en ennemie active,

Dissiperait l'erreur et la crédulité
Qui sont les fondements de votre autorité;
Que de votre pouvoir éclairant la nature,
Elle dévoilerait votre étrange imposture?
Eh! ne sait-on pas bien que, loin de vous tenir
Satisfait d'avoir pu de chez vous la bannir,
Vous voudriez encore, en votre ardeur funeste,
Jusqu'au cœur de l'Europe en étouffer le reste?
Allez, ne dites plus que vous tenez des cieux
Ce pouvoir surhumain, despotique, odieux,
Car il ne se peut pas que le Seigneur choisisse
Pour régner sur son œuvre un roi qui l'avilisse,
Un monarque orgueilleux, dont l'orgueilleuse main
Tente de comprimer l'essor du cœur humain!

III.

A tous ces arguments vos réponses sont prêtes:
Cinq cent mille soldats, autant de baïonnettes,

Trente vaisseaux de ligne et dix mille canons;
Voilà qui peut très-bien réfuter mes raisons !
Oui, c'est un argument écrasant mais... stupide;
C'est l'argument du loup contre l'agneau timide;
Argument du plus fort et de tous les tyrans,
Qui rêvent le renom d'illustres conquérants !

Étrange aveuglement ! précautions futiles!
Consumez-vous, seigneur, en efforts inutiles,
Entourez, entourez, ombrageux souverain,
Vos immenses États d'un triple mur d'airain
Contre l'invasion de toute intelligence ;
Apposez vos scellés sur chaque conscience,
Confiez-en la garde à ce soldat grossier
Qui de bourreau, chez vous, fait l'infâme métier,
Dont on voit se dresser la tête sale et plate
Comme un serpent hideux de qui l'œil écarlate
Tente de fasciner sous un affreux regard
La victime qu'amène un malheureux hasard.
A votre sûreté cela peut-il suffire ?
Vous le croyez? Eh bien! laissez-moi vous prédire

De vos États, de vous quel doit être le sort
Et ce qu'il adviendra d'un si pénible effort!

Eh quoi! connaissez-vous si peu votre ennemie
Que vous entreprenez cette croisade impie?
L'intelligence humaine! Eh! ne savez-vous pas
Qu'étincelle divine, avançant pas à pas,
Sur sa route elle brise, elle renverse et creuse?
Si dur que soit l'airain, sa substance est poreuse.
A travers l'airain donc elle pénétrera,
Patiente en son œuvre elle le rongera,
Et, poursuivant sa marche en ces steppes sauvages,
De votre tyrannie effaçant les ravages,
Au milieu du bonheur et des joyeux concerts
Vous la verrez, enfin, inonder vos déserts!...

IV.

Je vous ai fait entendre un blâme bien sévère;
J'ai, sans haine et sans crainte, et surtout sans colère,

Animé seulement par l'indignation,
Stigmatisé bien haut votre usurpation;
En flétrissant vos lois et votre politique,
J'ai voulu vous montrer, seigneur, et sans réplique,
Que vous êtes à tous ici-bas notre égal,
Et que vous exercez un pouvoir immoral,
Qui n'a de fondement qu'en l'humaine folie.
A travers mille écueils ma tâche est accomplie.
Mais n'allez point penser, si, glissant de ma plume,
Sont tombés dans ces vers quelques mots d'amertume,
Que la haine, seigneur, vous parle par ma voix.
J'aime l'esprit humain et je défends ses droits.
Lorsqu'il est attaqué, si mon cœur me l'ordonne,
Je combats en son nom, mais je ne hais personne.
La conscience parle, il lui faut obéir;
Mais je ne vous hais point, car, comment vous haïr?
Vous êtes fils d'Adam et vous aurez beau faire,
Dieu n'a créé qu'un homme, et vous êtes mon frère!

LA GLOIRE.

AU GÉNÉRAL HAYNAU.

J'eusse dû vous laisser pourrir dans cet oubli
Où votre nom déjà semblait enseveli,
Dans ce charnier impur où les gloires fangeuses,
Les âmes sans pitié, lâches, cadavéreuses,
S'en vont, en attendant la justice du ciel,
Expier leurs forfaits dans la boue et le fiel;
J'eusse voulu laisser retomber, méprisée,
Dans la mare sanglante où vous l'avez puisée,

La triste renommée, ineffaçable affront,
Par l'opprobre gravée, hélas! sur votre front;
Enfin, j'eusse voulu, puisqu'il faut vous le dire,
J'eusse voulu jamais, même pour le maudire,
Le livrer au public, à sa juste fureur,
N'écrire votre nom, tant il me fait horreur!...
Mais, puisque dans un zèle odieux et coupable
D'insensés écrivains, cœurs à haine implacable
Et qui n'ont de français que leur nom méprisé,
Pour louer vos forfaits, sans pudeur ont osé
Salir leur triste plume en exaltant vos crimes
A l'instar de vertus, insultant les victimes
Qu'au cruel despotisme immola votre main,
Respirant avec vous l'odeur du sang humain;
Il faut bien qu'une voix pour protester s'élève
Contre la juste horreur qu'un tel acte soulève,
Et rejeter à ceux dont la main l'a tracé
Dans un fiévreux délire un éloge insensé;
Il faut bien qu'une voix et ferme et vigoureuse,
Renvoyant cet éloge à la plume honteuse

Qui l'a sué, flétrisse avec sévérité
Vous-même et les flatteurs de votre cruauté!
Ne vous abusez point sur ce hideux hommage,
Et n'allez point juger par ce triste langage
De notre opinion, de notre sentiment.
Allez, faites louer votre beau dévoûment
A la cause de l'ordre, exalter vos services,
La France n'y verra qu'horribles injustices,
Qu'inutiles forfaits dont son généreux cœur
Doit flétrir à jamais le misérable auteur!
Contre une nation lâchement opprimée,
Par de fourbes tyrans avec soin décimée,
Et qui, brisant ses fers, tente de se roidir
Contre le bras cruel qui cherche à l'asservir;
Contre une nation qu'un souverain parjure
Force de se lever pour venger son injure,
Pour recouvrer ses droits et son autorité
Ou pour s'ensevelir avec sa liberté;
Contre une nation réduite à l'agonie
Par une impitoyable et lâche tyrannie,

Et qui retrouve encor, dans le fond de son cœur,
Pour vaincre ou pour mourir, un reste de vigueur;
Contre une nation haletante, oppressée,
Dans la lutte affaiblie, à demi terrassée,
Oser se mettre deux !... réunir les efforts
De deux peuples plus grands, plus puissants et plus forts
Pour étouffer plus vite, au fond de sa poitrine,
D'honneur, de liberté, la dernière racine;
Substituer la force au droit, à la raison,
Profiter d'une infâme et noire trahison;
Puis, quand on l'a vaincue, oubliant la clémence,
Dresser de toutes parts une ignoble potence,
Fusiller, massacrer, étrangler, égorger,
Semer partout la mort; insulter, outrager,
Sans pitié ni pudeur, les épouses, les mères;
Torturer les enfants pour qu'ils livrent leurs pères,
Et, dans un même jour, pendre, au nom de vos rois,
Onze nobles enfants des antiques Hongrois;
Par le meurtre et le sang souiller un territoire,
Ah ! voilà, n'est-ce pas, une bien belle gloire !...

La déroute s'est mise au camp des souverains,
Le pouvoir leur échappe et glisse entre leurs mains.
En voyant devant eux cet immense cratère
Vomir avec fracas la lave populaire,
Qui monte, monte, monte, inflexible en son cours
Comme un vaste océan, excitant tous les jours
Un nouvel ouragan qui fait sombrer un trône
Et voler en éclats un sceptre, une couronne;
En voyant aujourd'hui, terribles, menaçants,
Les peuples, autrefois soumis, obéissants,
Lever leurs fronts pâlis par la longue habitude
De supporter un joug d'infâme servitude,
Venir, comme un fantôme échappé du cercueil,
Ébranler leur pouvoir et punir leur orgueil,
Les rois ont tressailli jusques en leurs entrailles,
Craignant pour leurs forfaits de justes représailles!
Voyez-les convoquer leurs derniers serviteurs,
Séides empressés de tous les exploiteurs;
Orgueilleux au milieu de leur pouvoir suprême,
Humbles quand sur leurs fronts tremble le diadême;

Écoutez cette voix si pleine de terreur,
La voix de votre maître et de votre empereur :
Il appelle à son aide en ce langage étrange,
De bassesse et d'orgueil incroyable mélange :
« Parmi les nations soumises à ma loi
« Et dont le ciel m'a fait et le maître et le roi,
« Il en est, je crois, une assez audacieuse
« Pour ne pas se trouver parfaitement heureuse.
« De je ne sais quel crime elle ose m'accuser,
« Me reproche bien haut de la tyranniser,
« De violer la foi par mes aïeux promise,
« Bien plus, de la traiter en nation conquise;
« Mon sceptre pour son front est devenu trop lourd;
« Sans cesse elle m'accuse, enfin, de rester sourd
« Au fatigant récit de ses tristes misères,
« De ne tenir point cas de ses plaintes amères.
« Travaillée en tous sens par mille passions,
« Par la démagogie et par les factions,
« Elle vient aujourd'hui, pour comble de l'audace,
« Contester ma sagesse et les droits de ma race,

« Et, levant l'étendard de la sédition,
« Mettre tous mes États en révolution!
« Très-auguste empereur, à ces peuples stupides
« Qui de leur liberté se montrent tant avides,
« Ne faut-il pas prouver que leurs prétendus droits
« De se mêler ainsi des affaires des rois
« Sont des crimes affreux, des chimères coupables;
« Que de se gouverner seuls ils sont incapables,
« Et qu'heureux d'obéir à notre majesté,
« C'est le comble pour eux de la félicité?
« Pour atteindre ce but, prêtez-moi cent mille hommes;
« On en tuera vingt mille... Eh! qu'est-ce, si nous sommes
« Les vainqueurs de ce flot qui, sous nos pieds tremblants,
« Menace d'engloutir nos trônes chancelants!
« D'ailleurs nous compterons les morts que la mitraille
« Aura laissés couchés sur le champ de bataille,
« Et je vous les paîrai!... » Puis, ce marché de mort
S'accomplit sans pudeur, sans honte, sans remord!
Cet infâme trafic, il faut qu'on l'exécute;
Il faut un bras qui frappe et jamais ne discute;

Il faut un bras qui frappe et frappe sans merci;
Vos trafiqueurs de sang l'ont trouvé : le voici;
Car ce bras, c'est le vôtre! et certes, il est digne,
Il faut bien l'avouer, de cet honneur insigne :
S'il n'a su vaincre seul, seul il sut mitrailler,
Fouetter femmes, enfants, seul il sut fusiller!
  Eh quoi! vous vous plaignez qu'on ait couvert de boue
Votre front de vieillard et meurtri votre joue,
Qu'on ait osé souiller jusqu'à vos cheveux blancs?
Eh! ne voyez-vous pas qu'ils sont tout ruisselants
Du sang des nobles fils de l'altière Hongrie
Qu'à l'ordre, en sacrifice, offrit votre furie?
Ah! le peuple a voulu punir avec éclat
Contre un peuple vaincu votre ignoble attentat,
Et, la couvrant de fange, à votre gloire impure
Infliger une juste et rude flétrissure!!
  Il exista toujours dans les sociétés
Deux espèces de gloire et deux célébrités :
L'une par le travail et les vertus acquise,
Par d'immenses travaux péniblement conquise;

L'une, prix mérité d'un service éminent,
A notre humanité rendu par le talent;
L'autre sur l'injustice et la haine fondée,
Sur un terrain sanglant, hélas! échafaudée!
Quel dissemblable sort! Voyez-les toutes deux :
La première s'avance, et sur son front heureux
Respire la grandeur! Partout, sur son passage,
Des cœurs reconnaissants elle reçoit l'hommage,
Et les peuples partout, émus, respectueux,
Se pressent autour d'elle et la comblent de vœux.
Quand l'autre, de partout bannie et rejetée,
Se traîne lentement, méprisée, évitée
Comme un reptile impur, horreur de l'univers,
Que pour nous châtier ont vomi les enfers,
Et ne laisse après elle, en sa marche inféconde,
Qu'épouvante et dégoût et qu'une trace immonde.

Par un mauvais génie, hélas! l'esprit poussé,
Vous avez préféré, quel délire insensé!
Vous avez préféré cette gloire dernière :
La gloire des Néron, la gloire des Tibère,

La gloire des tyrans, dont le cœur sans pitié
Poursuit le genre humain de son inimitié,
Dont le nom réprouvé, qui de terreur nous glace,
A laissé dans l'histoire une sanglante trace;
De ces monstres enfin dont la cruelle main
Versa sans s'émouvoir des flots de sang humain!
Allez! que votre maître et vous loue et vous fête;
Que sa main de lauriers couronne votre tête;
C'est le moins qu'il vous doit, scrupuleux serviteur
Et de ses volontés barbare exécuteur.
Mais vous êtes jugé! L'opinion publique
A flétri votre nom et votre gloire inique.
Allez, rentrez dans l'ombre; allez, qu'un voile épais
Tendu sur vos forfaits nous les cache à jamais!
Cessez de promener, bourreau de la Hongrie,
Votre gloire cruelle avec effronterie,
Si vous ne voulez pas que le peuple en courroux
Ne couvre encor de fange et cette gloire et vous!
Que la pudeur, enfin, au visage vous monte!
Allez dans la retraite expier votre honte!...

ÉPILOGUE.

AUX BURGRAVES.

Aures habent, et non audient.....
Oculos habent, et non videbunt.....
(*Psalm.*)

Le flot monte! déjà l'océan agité
Par un vent chaud du sud se soulève irrité.
Imprudents nautoniers embarqués sans boussole,
Voyez-vous cet oiseau qui sur vos traces vole?
De tempête et de mort sinistre avant-coureur,
L'entendez-vous crier : Ah! votre perte est prompte,
Pilotes insensés! la mer est en fureur,
Le flot monte!

Le flot monte! déjà, déjà le ciel est noir,
L'onde écume; insensés qui ne voulez point voir,
Ou qui voyez le calme au milieu des tempêtes,
Déjà l'orage gronde au-dessus de vos têtes!
Oh! l'étonnant sang-froid, l'admirable vigueur!
Mais, hélas! c'est en vain que votre orgueil l'affronte,
Le péril est prochain; la mer est en fureur,
Le flot monte!

Le flot monte! et voilà que, modernes Xercès,
Pour venger son audace et punir ses excès,
De verges vous battez la mer qui vous entraîne!
Pour arrêter ce flot, vous forgez une chaîne!
En croyant l'affaiblir, vous doublez sa vigueur!
Allez, cherchez ailleurs une main qui le dompte,
Car proche est le péril; la mer est en fureur,
Le flot monte!

Le flot monte! pareil au fleuve bienfaisant
Qui s'épand sur le sol en le fertilisant,

Vous le verrez bientôt, dans sa marche incessante,
Rompre sans grand effort votre digue impuissante,
Et, répandant partout un limon producteur,
Sur vous passer brûlant comme un ruisseau de fonte!
L'heure approche, écoutez; la mer est en fureur,
Le flot monte!

Le flot monte! Drapés dans votre dignité,
Hélas! vous n'invoquez que votre autorité,
Ce mot sonore et creux aujourd'hui sans prestige,
Dont vos mains ont usé jusqu'au moindre vestige!
Le flot monte invincible! Eh quoi! dans la rigueur
Votre esprit éperdu cherche un frein qui le dompte!
Hâtez-vous, car déjà la mer est en fureur,
Le flot monte!

Le flot monte! il défie et brave vos tourments;
Entendez-vous gronder ces longs mugissements?
Le voilà qui déjà vous menace et vous presse;
Votre âme vainement, pour calmer sa détresse,

Appelle à son secours violence et rigueur,
Car la main du Destin impitoyable compte,
Compte vos derniers jours ! La mer est en fureur,
Le flot monte !

Le flot monte ! Élevez de nouvelles prisons,
Entourez vos cités de triples garnisons.
Le flot monte ! Inventez de nouvelles tortures,
Nous les supporterons toutes et sans murmures !
Vous êtes les plus forts, frappez, point de pudeur !
Frappez, et que vos coups rejaillissent en honte
Sur vos fronts ! Hâtez-vous, la mer est en fureur,
Le flot monte !

Le flot monte ! En dépit de vos iniques lois,
Forts de notre avenir, forts surtout de nos droits,
Nous saurons défier vos haines implacables
Et souffrir en martyrs, et jamais en coupables !
Vos coups donnent la mort, et non le déshonneur !
Frappez vite, frappez, car votre perte est prompte,

Pilotes insensés; la mer est en fureur,
Le flot monte !

Le flot monte ! bientôt, lorsqu'il aura brisé
L'obstacle qu'à son cours vos mains ont opposé,
Dites, que ferez-vous ? Sur le pont du navire
Qui, par votre imprudence, et s'abîme et chavire,
A genoux, à genoux, demi-morts de terreur,
Éperdus, suppliants, lâches jusqu'à la honte,
Vous lui crîrez : Merci ! La mer est en fureur,
Le flot monte !

FIN.

www.ingramcontent.com/pod-product-compliance
Ingram Content Group UK Ltd.
Pitfield, Milton Keynes, MK11 3LW, UK
UKHW031911260826
14628UKWH00003B/1124

9 782019 293147